Un début prometteur

DU MÊME AUTEUR

L'Amour est déclaré, Au Diable Vauvert, 2012 ; J'ai lu, 2014.

Un léger passage à vide, Au Diable Vauvert, 2010 ; J'ai lu, 2011.

Vallauris plage, Grasset, 2006 ; Le Livre de Poche, 2008.

Courir à trente ans, Au Diable Vauvert, 2004 ; J'ai lu, 2006.

Mémoire courte, Au Diable Vauvert, 2000 ; J'ai lu, 2004.

Treize minutes, Valat, 1998 ; J'ai lu, 2005.

Nicolas
REY

Un début prometteur

ROMAN

J'AI LU

1

La nuit, parfois, de ma chambre, je regarde le chien d'en face tirer sur sa corde, le cou qui s'arrache, la tristesse qui râle, je regarde son corps fumer dans le ciel, preuve qu'il est encore vivant. Parfois, le museau s'étire vers le haut, petite frappe qui relève la nuque sous l'interdit. Si un jour on lâche ce chien, je mise sur une belle course.

Les nuits passent. C'est devenu un chien camarade, un mauvais rêve, un refrain avec des muscles faibles, une odeur soupçonnée, une voix fatigante. Son maître, vers les 20 heures, sort du pavillon, tête basse, avec une pioche, creuse un trou à côté du chien, toujours au même endroit, toujours plus grand. Au début, j'ai songé à une piscine mais le voisin n'a pas les moyens d'un type qui frissonne pour la brasse coulée. Il s'active avec violence et résignation. Par exemple, jamais, il n'essuie la sueur qui tombe sur ses yeux et se concentre sur ses coups à tel point qu'on dirait des règlements. Par exemple, jamais, il n'accélère le rythme. Comme il est au chômage et qu'il ne s'énerve pas, mon père dit du voisin que c'est un dépressif, un parasite. Je ne crois pas. Je crois que le voisin est juste un type qui cherche à terminer quelque chose d'important.

Ce soir-là, une silhouette, tranquille et douce, une démarche, valise qui penche dans la main droite, redingote jusqu'aux pieds, ouvre le portail. La silhouette se dirige vers le voisin, le regarde quelques minutes et lui offre une bouteille d'alcool. Le voisin accepte. C'est à son rire que j'ai reconnu Martin. Ils sont restés assis au bord du trou à fumer des cigarettes. Je savais ce que ça voulait dire, que Martin revienne. Mon frère, il y avait les albums photos, mais les premières images étaient celles de Martin avec son scooter, sur le parking de l'école et les balades sur le siège arrière, une autre fois, les chuchotements dans la pénombre de mon lit avec deux copains, lui dans le salon avec sa fiancée de l'époque, il avait promis de venir nous raconter tout ça après l'avoir fait. Martin tenait toujours ce genre de promesses. Je me souviens aussi, un grand chagrin, des plombes de ça, je ne me rappelle plus la cause, je trimbalais ma peine devant la maison et Martin était venu me rejoindre, j'avais cessé mes larmes, on avait marché un peu, une chose inconnue me bloquait la gorge, une boule, je disais Martin, j'ai une boule dans la gorge, ça m'empêche de déglutir et presque de respirer, qu'est-ce qui m'arrive, Martin ? Ça va passer, ça arrive à tout le monde et même un peu trop souvent.

On avait continué ensemble, sans un mot, le temps que le chagrin passe. Drôle que je me souvienne encore de ça. Le voisin a recommencé son travail, Martin a balancé sa cigarette dans le noir. Il a regardé vers ma fenêtre sans sourire. C'était la première fois.

2

Mon père au salon. Une atmosphère de veillée d'armes. Il fixe la chaîne météo du câble, à cause de la présentatrice, une femme sur le retour qui lui rappelle la sienne. Les deux passions de mon père : sa femme et les trains électriques. Encore aujourd'hui, lorsqu'il tient dans sa main la locomotive de l'*Orient-Express*, il imagine Venise et le wagon-restaurant, avcc l'argenterie qui brille et des mots plein la bouche, à redéfinir la notion de raffinement dans le décolleté d'une blonde belle comme ma mère. Ma mère, un genre de crime, de beauté insatisfaite. Un genre, qui, passé quarante ans, persiste à placer sa barrette comme la plus belle du collège. Mais voilà, mon père regarde la présentatrice du câble parce que les présentatrices du câble reviennent tous les soirs, elles ne filent pas un matin sans jeter un regard sur un type *incapable d'anticiper quoi que ce soit*. Martin détaille son assiette dans l'espoir secret que la porcelaine puisse lui venir en aide. Personne ne peut grand-chose pour Martin. Il a bien verrouillé toute tentative de rédemption. Sans rien dans le ventre, pantalon de jogging blanc, cheveux longs, peignoir à présent gris, il se prépare doucement à la journée du lendemain. Une heure trente de camionnette pour récupérer les vestiges de sa vie passée. Un lit deux places, un bureau, un ordinateur, une armoire normande, quelques livres où le narrateur boit du champagne rosé en souriant sur sa vie décevante. Idéaliste, Martin s'était gargarisé de l'amour parfait, le grand amour au point de fourrer dans tout Paris. Il avait tenté le maximum pour donner forme à son grand rêve. Il était fatigué maintenant.

Mon frère se lève de table, emporte ce qui reste de salade et de rôti froid. Je décide de me rendre utile aussi. Je me sens plutôt bien, heureux d'échapper le lendemain matin à la crasse habituelle, réveil à 7 h 15 quoi qu'il arrive, quel que soit l'état de ta nuit d'avant, se lever, sortir de la maison, le champ de colza face à l'abri de bus, toujours le même, le chien qui t'accompagne des yeux, l'identique point mort de quelques maisons sans le moindre bar-tabac, les familles à l'intérieur, les parents qui ne baisent plus, les enfants qui travaillent en levant les yeux vers des trucs impossibles, le bus *Vernon Car*, la même route, la même direction, la même petite ville, le même réfectoire, la porte du bus qui s'ouvre sur le même endroit, face au portail du CES, le CES qui te fait redoubler, qui te conditionne chaque jour davantage, seize ans et déjà la force de se pendre. Jamais de catastrophes, d'accidents, de petits miracles. De très loin, tu vois la suite qui se pointe. L'enfance, les bâillements, c'est effectué. Ensuite un travail et l'amour pour une femme sublime, ensuite la même femme un peu trompée. Toute une vie. Pourtant, il faut marcher pour se rendre en classe. Des noms de cellules. Bâtiment E2, Salle 236. Rien d'autre. Peut-être, si tu sais te mentir un peu, un instant libre, la parenthèse avant le gris, deux minutes où tu es seul, parfois il pleut, tu es devant le CES, ils ne peuvent encore rien contre toi, contre ta cigarette et les grands espaces, ta cigarette et sa destruction légère, poésie rouge au bout des doigts.

Je regarde mon frère. Mon grand frère selon la biologie.

Il ouvre le frigo. Au lieu de s'activer, il s'immobilise devant le frigo ouvert, puis, après un long silence, par-dessus la petite musique du moteur, il balance : « Un jour, tu comprendras. Le frigo des filles et tout ça. Celles qui accumulent les Diet Coke, celles qui collectionnent les jus d'orange survitaminés. Tu comprendras les crèmes épilatoires, les salles de bains avec ou sans baignoire, le sérum physiologique pour les lentilles de contact, le petit fil blanc ou bleu qui dépasse quelques jours par mois, le tampon, et les serviettes, les serviettes sans tampon la fin et le début des règles. Et le frigo des filles, la façon dont elles rangent et cartonnent au jeu des sept familles, jamais, jamais tu m'entends, en six ans de vie commune, je n'ai vu une plaquette de beurre à côté d'une bière ouverte ou d'une confiture périmée dans un frigo. Je vais te dire Henry, dans un frigo de fille, la nonchalance n'existe pas. »

3

Malgré les voitures qui nous dépassent, le camion file vers Paris. Chaque fois que j'arrive, qu'après Boulogne on débarque sur le périphérique, l'impression d'exister sur la nuque et dans l'estomac. Martin vit l'inverse au même instant. Porte de Saint-Ouen, il avale un cachet. Place de Clichy, il tremble, se colle contre la vitre, tente de reconnaître chaque femme qui passe comme si c'était la sienne. Ensuite, de dépit, il n'y a que son menton qui tremble. L'ancien immeuble donne sur le cimetière Montmartre. Il y a deux semaines, au téléphone, l'agent immobilier a dit, « l'appartement a trouvé acquéreur. Un joli couple ». Un joli couple qui donne sur le cimetière Montmartre.

Mon père, en habitué des déménagements, appelle l'ascenseur. Ce n'est pas la première fois que Martin quitte une femme et qu'il nous appartient de faire le sale boulot. Mais avec Jeanne, mon frère semble ne pas s'en remettre. Quelque chose coince. Le sentiment d'avoir commis un petit crime et de s'en être allé. Il emprunte les escaliers. Je le suis. J'ai toujours suivi Martin, imité ses attitudes, sa façon de rire des choses tristes et de ne rien faire en classe. Au premier étage, la concierge cire le parquet. Elle relève la tête de son balai et coince son regard fatigué dans celui de Martin. Il baisse les yeux. Mon frère, maintenant, il baisse les yeux. Dans ses joues, il grommelle une salutation. Elle ne répond rien, regarde au bout de nos bras les cartons vides qu'on aimerait vite planquer. La concierge déteste ce grand type qu'elle a vu rentrer tard trop souvent, cet homme qui a piétiné chaque soir les rêves d'une jeune fille. La concierge n'aime pas les jeux de massacre. Les jeux de massacre nuisent au moral de la concierge et au bien-être des locataires.

Martin ouvre la porte. Le porte-clés est un cadeau d'elle. Il touche les murs ocre qu'elle a peints, caresse la table basse en mosaïque qu'elle a elle-même bricolée, jette un œil triste sur les cartons déjà faits. Certains de ses vêtements, éparpillés dans le salon, l'immobilisent. Un soutien-gorge le fige un bon moment. Je le regarde du haut de ce que j'ai d'âge. Je ferme les yeux. Je ne pige pas tout. Je devine. Il arrive encore à se tenir droit. Je pense Je te donne mon courage Martin, je suis fier de toi, fier que tu restes debout, tiens, même, voilà, je passe par la cuisine et te file un verre d'eau.

L'appartement se vide. Martin, sous la magie des calmants, énumère à voix basse les choses qu'il souhaite embarquer. Nous, on s'active bien vite et sans rien dire. Parfois, mon frère flanche puis se relève comme se relèvent les types qui viennent de chuter du onzième étage. Il termine en vidant les tiroirs de son bureau. Entre les choses à jeter et le reste, il hésite longtemps. Et puis le grain de sable. Un ticket de cinéma retrouvé sous une tonne de paperasse. La tête d'abord. Les épaules ensuite. Les épaules qui s'écroulent. La fin d'un long sanglot, un abcès de trente-quatre ans qui crève. Sa bouche qui n'arrête pas de dire pardon entre deux hoquets. Mon père et moi, on reste à l'écart, on le laisse faire, on lui accorde quelques mètres.

Ensuite, je dévale quatre à quatre les escaliers pour échapper au supplice. Dans le camion, afin de rompre le silence, je mets l'autoradio sur FIP. Bien vite, on se retrouve avec une chanson triste. Une rengaine qui évoque le Brésil et les amours à présent disparues. Alors, mon frère, de cette rupture dont on n'avait rien su, souffle un prénom, un prénom qui fera pour lui toujours la même musique. Jeanne, Jeanne, bien droite et tremblante en ce mauvais jour, Jeanne, où es-tu ? Papa regarde la route, mains sur le volant, les miennes se font minuscules sous mes jambes, celles de Martin pendent vers le sol. La famille avance de nouveau vers Vernon, en direction d'un garage pour que des meubles trouvent enfin un coin tranquille.

4

Le matin, je déjeune face à mon père, papa chétif et sans histoire, prévisible au point de mastiquer chaque jour à la même heure une madeleine pour éviter la perception de ce qu'il est. Son crâne rasé pour ne pas paraître chauve, ses phrases en sucre. Mon père, dentiste, comble des trous dans des molaires et fait du bruit en avalant son thé. Mon père n'aime pas « faire mal aux gens » et consacre ses jours à mâchouiller des chewing-gums en rassurant les autres. « Ce n'est pas grave, madame », ce n'est pas grave, un abcès, ce n'est pas grave, ce n'est *jamais* grave. Être la risée du monde, pas grave, ta femme couche avec toute l'agglomération, pas grave, elle se casse, pas grave, on va anesthésier tout ça, dévitaliser, préserver l'essentiel, masquer les choses, claquer sans même avoir fait frissonner qui que ce soit, pas grave, pas grave pauvre croûte, il y a les bouquins d'histoire et les concerts classiques, pas grave, attardé frileux. La belle affaire, même les clients diminuent. Même eux ont réussi un soupçon d'audit. Accorder sa confiance à une machine abandonnée, c'est difficile. Moi le premier, j'ai déniché l'information. On pige beaucoup de choses avec son argent de poche qui diminue. Il faut que je me lève, rester face au chauve dès le matin me file le mauvais œil. Et puis mon père est d'une époque où les gens veulent construire des choses en travaillant, alors, surtout, ne pas rester dans ce coin-là. Je quitte la cuisine.

Dans la salle de bains, musique et rêves en duplex au sujet de ma consécration cannoise. J'ai beaucoup d'esprit mais personne à aimer. Je coiffe mes cheveux comme trois siècles de secrétaires avant moi. Comme elles, je pense l'impossible, être de taille contre *Vernon Car* et 15 000 habitants. Grosse bêtise. Je sors. Il est tôt. J'allume une cigarette. Marlboro light, l'air des grands espaces. Une minute en avance. Le chauffeur, âge moyen, blasé ponctuel. Je m'installe toujours à la même place. J'ouvre mon livre de poche. J'aime ce livre, ce type sous mon oreiller juste avant le sommeil, son écriture, sa façon de préparer les chilis comme des questions existentielles, de ne pas trouver les mots avec les filles, d'être considéré par mon professeur de français comme un écrivain qui racole, un profiteur, une graine de truand, j'aime sa façon de vivre dans les Landes parce que ça ressemble aux États-Unis, j'aime ce type et ses livres, la même chose, je crois.

À l'intercours, je trouve un coin pour un temps mort. Les garçons ne m'intéressent pas. Je connais toutes les filles. Pas la majorité mais les autres. Par exemple, je suis tombé amoureux de Christelle pendant six semaines. C'est inscrit sur mon agenda. À cause de son grand nez. J'aimais ce nez parce qu'on le lui reprochait. En ce moment, je sors avec Caroline. On se retrouve, à la place du sport, chez un copain qui habite à quelques mètres du collège. On se déshabille. On a chaud. Ses seins en sont à leur début. Je lèche. Elle branle. On n'a pas envie d'aller plus loin. Parfois je jouis sur son ventre. Après, je redoute que la terre entière soit au courant, que la mère du copain débarque et nous chope là, avec du sexe partout et des choses à nous reprocher.

La fin d'après-midi est un moment délicat, il faut se résoudre à laisser s'enfuir une nouvelle journée. Le professeur de français me retient une fois les élèves partis. Si ça dure, je vais manquer *Vernon Car*, peut-être alors, du stop, un aperçu de vie. Il me regarde, les deux mains posées sur la fine table en Formica. Il prend le dessus. Victoire facile, lui connaît les œuvres et la philosophie, lui n'a pas la télévision, lui s'échappe à Paris tous les soirs en train, avec sa sacoche en cuir et ses cheveux frisés qu'il replace sur le côté gauche l'air de rien. Peut-être, vers 20 h 30, il doit aller dans un cinéma d'art et d'essai, ensuite, refaire le monde en buvant du vin dans des appartements formidables. Il me fixe et ses yeux ne m'aiment pas. Un matin, en janvier, il m'a dit : Henry, tu triches tellement tu cherches à plaire.

Sa phrase était bien compréhensible. Aucun jour ne passe sans que la flèche me revienne. Je crois que sa détestation de ceux qui « cherchent à plaire » va plus loin que ma petite affaire privée. C'est autre chose, cette histoire, un combat qu'il mène depuis longtemps contre le mal et qui me dépasse de beaucoup. Peut-être d'ailleurs, est-ce ce qu'il me reproche, que ce combat me dépasse de beaucoup.

Il me regarde, et, une dernière fois, remet le couvert avec sa saleté de phrase : Henry, je te repose la question. La rédaction, elle est de toi ?

Je ne *peux* pas répondre, je ne *peux* pas comprendre cette bagarre contre la tricherie et, probablement, toute forme de séduction.

Depuis qu'il est revenu, mes rédactions sont de Martin. Mon père lui a installé un mobile home derrière la maison. Il vit dans ce truc depuis sa rupture, depuis qu'il trouve la vie un peu trop désagréable. Personne ne vient lui rendre visite. Le mobile home, c'est lui qui a voulu ça. Impossible de revenir dans cette baraque, dans le gouffre de l'enfance et de la peur, qu'il m'a confié un soir. Alors le mobile home. Le type qui montrait ses chemises dans tout Paris finit dans un mobile home. Le type qui éclatait d'un grand rire au moindre reproche d'un intellectuel a le visage uniformisé par les calmants. Je frappe. Il regarde un feuilleton. Depuis quelques semaines, il achète ses cigarettes par cartouches pour éviter les regards quotidiens. Même les séries commencent à le démolir. Martin ne supporte plus l'adultère, y compris dans les sitcoms américaines. Il demande ma journée. Je rétorque le prof de français. Il tranche du côté de l'enseignant qui ose combattre le marché noir du charme, Ça tue la justice, le marché noir du charme, l'économie et l'égalité entre les hommes. Regarde Jeanne, par exemple. Elle vit encore, mais comment ? Comme une fille qu'un flambeur a prise en décapotable. Alors quoi ? Alors le type savait pas conduire. Pire, il savait pas conduire avec elle. Elle est comme morte, maintenant.

On peut rien dire à Martin. La moindre chose évoquée, on termine avec Jeanne foudroyée par un orage.

Je me place derrière lui. Je serre ses épaules et l'embrasse sur les cheveux, Jeanne n'est pas morte, Martin. Elle va s'en sortir ailleurs. Avant de fermer la porte, je tente un enthousiasme, annonce pour ce soir la petite fête qui m'attend, je dis : Ce soir Martin, je vais voir *On ne badine pas avec l'amour*, c'est un beau titre, viens, c'est Musset, un de ceux comme tu aimes.

— Musset est comme les autres, il rétorque, un mondain, une starlette, un divorcé.

Second passage dans la salle de bains. On touche à l'exceptionnel. Sous la douche, Chiara Mastroianni me demande en mariage. Il faut bien s'arranger avec cette vie, cette pauvre vie, cette retraite, trouver des subterfuges. La salle de bains, par exemple. Pour les autres, c'est utile. Moi, je connais son lambris, sa moquette, je sais qu'on peut voyager dans une baignoire, il suffit d'avoir la bonne musique. Avec une bonne musique, on peut faire des projets, avoir des films à réaliser. On peut vivre l'amour avec un nombre de gens incalculable, seul, dans une salle de bains.

Les Tréteaux de France sont à Vernon. Chapiteau, théâtre itinérant et peut-être quelqu'un à rencontrer. La mère d'Hortense passe me prendre. Hortense est à l'avant du véhicule, elle fait partie de l'aumônerie d'Évreux, elle a le même âge que moi. Je la connais depuis l'enfance. Son grand cœur est destiné à ma personne en particulier et à Dieu en règle générale. Hortense met sur l'autoradio des chansons qu'elle aime pour me faire comprendre que chaque nuit, ses espoirs en bavent à cause de moi.

La voiture, un soir de semaine, un début de sourire sur mes lèvres. Le parking, les billets qu'on achète, les visages étrangers, le murmure d'avant représentation, l'attente pour, peut-être, dans un moment, trembler. La pièce commence. Un orage éclate. Des gouttes, énormes au bruit, tambourinent contre la toile du chapiteau. Les comédiens haussent la voix. En plus de jouer, ils tentent l'impossible. Le public, moi le premier, apprécie de les voir ainsi, jongler avec le tonnerre, résister à l'assourdissant tam-tam des grêlons. L'incident déplace le spectacle vers la tendresse, la complicité. Je frissonne devant le tour de force, Hortense, discrètement, me prend la main, mais je ne vois que la scène, tenez bon les acteurs ! Je suis du naufrage, un fils de la tempête, comme vous.

Le ciel approuve. L'averse persiste, s'amplifie, l'euphorie est partout, dans le temps noir émaillé d'éclairs, dans le jeu outrancier des comédiens au maximum de leurs cordes vocales, dans le sourire solidaire des spectateurs, dans les yeux d'un jeune mage aussi, enfant trop vite grandi, dans sa féminité, sa voix diaphane dépassée par l'épreuve, dans ce long corps de brindille qui va disparaître d'ici quelques trimestres. Je jette un œil au programme. Le mage est une jeune comédienne, Hélène est son prénom. Hélène, voilà, je suis amoureux. Rien d'autre, Hélène, à peine un second rôle, pas le moindre début d'indice sur la brochure. Le mage n'apparaît que rarement. Entre-temps, je me prépare, je sais faire. Attendre, c'est toute ma vie. Il s'agit d'une histoire entre elle et moi. Au huitième siège à droite, un regard se concentre à chaque passage d'Hélène. Elle arrive avec une petite guitare pour chanter une complainte. Elle approche, sereine, un tabouret sur le devant de l'estrade, accorde avec application son instrument tandis que les grêlons pilonnent à tout casser. En retrait, la comtesse regarde Cendrillon aller au massacre, l'orage trop fort pour cette voix trop faible, personne ne perçoit les premières notes, jusqu'à ce qu'elle se mette à murmurer le début de sa chanson à l'instant où la pluie cesse. Alors, elle chante. Alors, sans bouger on se rapproche les uns des autres. Alors, dans le public, le silence ressemble à de l'amour, alors, je n'en veux plus à ma mère, alors, je vais aider Martin encore plus, alors, oui, peut-être que les prières servent à quelque chose.

À côté, je sens la main d'Hortense qui pense à Dieu. Et ça ne m'énerve pas. Et je suis même à quelques centimètres de la comprendre.

S'extraire du banc, être un autre avec une œuvre à réaliser, n'avoir qu'Hélène en tête, traverser le décor des spectateurs en train d'applaudir, se détacher des interrogations d'Hortense, marcher, souriant, calme, avec le piment de croire qu'on n'a guère le choix. Dehors, sous la pluie qui recommence, certains filent déjà vers les voitures. Le chapiteau que je contourne est un cirque sans odeur. La caravane des saltimbanques, cachée entre deux semi-remorques, accueille la petite troupe. On dirait des silhouettes, des rêves d'un soir encore maquillés. Je reste debout, bien décidé à poursuivre, frapper à la porte, entrer chez les artistes sans attendre, jouer pour eux, moi aussi *Et d'abord à tous un grand bravo*, Hélène, je voudrais avoir vingt-cinq ans et que tu me regardes, il a beau pleuvoir, mon corps maigre n'est pas ce que je suis, je suis là, bien droit, ton garçon, qu'importe l'amant-producteur, tes inquiétudes de ne jamais percer, je suis du même âge que toi sous la pluie, la foule s'en va, les Henry d'Hortense et de sa mère également, et alors ? Je n'ai épousé personne, moi. Je suis plein d'eau, bien décidé à vivre, j'ai le droit, on a le droit de vouloir vivre un peu. Plus tard, j'accepte d'être en costume derrière un guichet, en attendant, je veux de la violence quelques heures, je claque des dents, je suis amoureux, Hélène, mon grand théâtre.

Elle sort de la caravane, deux personnes l'accompagnent. Ils montent dans une voiture, elle éteint sa cigarette sur le talon de sa chaussure pour économiser, la replace dans le paquet puis jette un œil alentour. La voiture démarre.

Je t'écrirai des pièces, Hélène, des pièces et des poèmes, j'irai me faire prendre par des réalisateurs pour que tu décroches de beaux rôles. J'ai assez de cœur pour ça.

5

Ma mère est partie de façon définitive, en passant par ma chambre pour m'embrasser sur le front. Comme si je dormais. Comme si une nuit à supplier que les disputes cessent pouvait endormir qui que ce soit, hurlements chuchotés pour que les mômes n'entendent pas, pas jouable de faire plus bruyant qu'un concert pareil. Et mon père, muet, en train de se faire ratiboiser l'âme par la Barrette Humaine, de ma chambre, j'entendais ça, Tu m'entends, je baise avec lui, lui, il sait jouer de sa bite, lui, il me lèche pas en passant, il aime ça, *y s'attarde,* elle disait, y s'attarde, en appuyant sur la syllabe du milieu comme l'animal qui a vu le sang chez l'autre et qui ne lâche plus, à côté, dans mon lit, à quelques mètres de là, je pensais à mon père, à sa honte qui l'étouffait.

Martin dort dans le canapé du salon, les doigts sur son sexe mou, la télévision balance de la neige qui doit prolonger la diffusion d'un porno scandinave. Je dégouline encore de pluie. Parfois, sur cette même télé, avec des pop-corn, j'avais regardé Martin offrir en pâture son intimité dans les médias, Martin se vautrer dans la transparence, les détails sur sa nouvelle copine, forcer le trait sur les excès de sa vie nocturne, la drogue, les affres de sa sexualité. Il aurait sacrifié son plus précieux chagrin pour une minute d'image en plus. L'étau, la déchéance proche, je les ai vus venir sur les passages de la fin, dans ces blagues sur lui-même gorgées de sanglots.

Je lui parle à l'oreille. Il émerge en sursaut. D'un geste, il calme sa peur en allumant une cigarette chopée avec précipitation sur la table basse. Puis il s'empare de la télécommande et s'octroie un tour d'horizon du bouquet satellite. C'est son dernier jeu, à Martin. Sur MCM, une fille parle cinéma, une fille intelligente selon Martin, une prostituée qui simule bien, mariée à un président de chaîne, au début elle avait encore l'accent du Midi. Sur Ciné Faz, une actrice dans un film d'auteur, Je crois que je l'ai aimée, bien qu'elle ne s'en souvienne plus, précise Martin.

Il éteint la télé. Les yeux vides, il raconte : « Je m'engueulais avec Jeanne, je viens de rêver ça. L'exact souvenir de ces moments noirs. Dans la cuisine, je sais pas pourquoi, ça se passait toujours dans la cuisine, avant, on avait joué des nerfs et des cris, c'est bizarre, une haine à ce point entre deux personnes qui vivent ensemble, bon, ça se terminait dans la cuisine, l'un face à l'autre, à chaque fois, les gestes brusques, les menaces, la dégueulasserie de ces regards-là. »

Il a toussé un grand coup, de la glaire et du sang, avant d'éteindre sa cigarette. Il s'est redressé un petit peu. Il a placé les mains sur son front pour tirer en arrière ses longs cheveux mais ça ne changeait rien, il était maintenant réveillé, sans projet, alors que j'avais des plans moi, en pagaille, chaque jour, des combats à livrer, merde, qu'on me file un peu d'argent, de l'indépendance et on verrait. Je raconte la fille à Martin, la caravane, je dis Martin, tu dois m'aider, je veux cette fille Martin, je vais te la décrire, écris-moi la lettre, tu connais les mots, l'ironie qui donne envie d'en savoir plus.

Il m'a jeté un regard triste. Il s'est traîné quand même jusqu'au bureau du salon. En un quart d'heure il a écrit l'affaire. Il m'aime, Martin.

6

Patrick sort un second casque de son sac à dos. On ne peut pas dire qu'on s'entende bien. C'est plus compliqué. On est dans la même classe, d'accord, on sait tous les deux que dans ce collège il n'y a rien de valable, d'accord, mais c'est plus compliqué, on n'est pas amis, on se serre un peu les coudes en attendant mieux, c'est différent. Lorsqu'il a besoin de se faire casser le bras pour échapper à une semaine chez ses grands-parents, c'est à moi qu'il le demande. On fait ce genre de truc avec Patrick, par exemple.

Le mercredi, on se téléphone, chacun sur son canapé. Un canapé peut nous faire des heures. Il suffit d'avoir du Coca, des cigarettes, des choses inavouables à se raconter. À l'heure où les élèves de notre classe se ridiculisent au judo, on travaille avec Patrick. Est-ce que Julien est toujours amoureux d'Agnès ? Et le bruit qui court sur Agnès ? Comme quoi, dans un avion, elle et Benjamin Biolet. Après, on fomente les tricheries du jour suivant. N'allez pas croire que la triche est un boulot facile. La triche demande beaucoup d'effort. Un art à part entière, la triche. Pas un truc de débutants. Un truc d'orfèvres, d'adultes, en fait.

On ne s'amuse pas toujours, pourtant. Patrick, son intelligence le rend triste. Il en a trop. Pour fuir la bêtise des collégiens, la misère des professeurs, l'aigreur désolante des surveillants, il a découvert la lecture et le courage. À ceux qui le questionnent sur ses cernes inouïs, il évoque d'un air mystérieux le *Dérèglement des sens* en 10/18. En ce moment, il enchaîne les nuits blanches dans son grenier, dévore des livres sortis de vieux cartons, parfois il ne mange pas pendant trois jours, il expérimente son corps dans la prison des semaines, ivre du manque de sommeil. La fatigue de Patrick a été sa première drogue. Du coup, son âme s'évade. Ses parents ne comprennent pas. Ils trouvent asocial et fragile ce fils plus fort qu'eux.

Il répare sa mobylette sur le parking du collège. Ce soir, les Tréteaux sont à Pacy-sur-Eure. Dans mon cartable, une lettre attend qu'un courageux lui donne sa liberté. « Écoute, Henry, je ne sais pas faire avec cette bécane. La mécanique me file des aphtes. »

Patrick ouvre son sac et sort le flingue d'alarme qui ne le quitte jamais, On n'a qu'à braquer une voiture, ce sera plus rapide et plus confortable.

Comme d'habitude, je le raisonne. Alors on marche beaucoup, on fait du stop malgré le mauvais temps et les bagnoles qui nous rasent en klaxonnant. Mais il en faut davantage pour faire peur à Patrick, pour mettre les foies à un type capable d'étrangler des chats pour une bonne raison, de jouer du suicide et des bagarres, d'avoir pour rêve de devenir un grand terroriste, de connaître le trafic et les mauvaises fréquentations. Souvent, je pense qu'il va finir tout l'un ou tout l'autre, vedette ou rien, à l'Élysée ou derrière les barreaux. Le trajet vers Pacy-sur-Eure se termine à l'avant d'un camion. Patrick tape la discute avec le chauffeur, le type a monté une affaire de croissants à Los Angeles mais les croissants n'ont pas fonctionné, avec son américaine non plus, ça n'a pas fonctionné. Au moins, il aura fait son maximum pour vivre ailleurs.

Le même chapiteau qu'hier soir, la même caravane. On perçoit la voix des comédiens qui commencent. Je sens mon camarade nerveux, mon côté fleur bleue l'agace. Ça cache quelque chose, ta bêtise amoureuse, qu'il répète souvent. Moi, je suis jamais amoureux. Peut-être que ça revient au même, peut-être qu'on est aussi mal barrés l'un que l'autre.

La porte de la caravane est fermée. Je remonte la fermeture Éclair de mon blouson. Patrick piétine d'avant en arrière, d'arrière en avant, parle fort comme à lui-même, Voilà, On n'a qu'à dire que c'est pas grave, que dans le pire des cas, dans dix piges, on en rigolera, et puis quand on sera morts, Henry ? Hein, à quoi ça sert de faire des trucs légaux puisqu'on va mourir un jour ? Il recommence à jouer de son pistolet d'alarme. Pourquoi pas prendre ce machin, pénétrer dans le chapiteau et devenir célèbre une fois pour toutes ? Pourquoi ne pas violer ta comédienne tranquillement à l'ombre d'un pommier ? Pourquoi ne pas lui faire un mal de chien ? Pourquoi ne pas faire la une du *Parisien* pour avoir fait l'amour de force à une jolie fille ?

Il s'approche de la caravane, projette son pied contre le cadenas qui flanche et termine l'affaire à coups d'épaule comme s'il voulait se déboîter une clavicule en même temps.

La porte cède, bienvenue dans le milieu du spectacle, un monde chargé en émotions, j'ou-vre mon cartable, glisse la lettre dans ma poche, me précipite dans la caravane, trouve les affaires d'Hélène, me fourre le nez dedans jusqu'à claquer, dépose l'enveloppe sur sa chemise en soie, repasse devant la grande glace de maquillage, une grande glace comme ça, un rouge à lèvres pas loin, merde, écrire, écrire quoi ? Patrick regarde d'un drôle d'air la porte défoncée puis l'intérieur de la pièce, et, d'un coup, ravage la glace en appuyant comme un dingue sur le rouge à lèvres : *De la violence avant toute chose. Signé Musset(s)*

Avant de s'enfuir, on se faufile sous le chapiteau à moitié vide. Hélène entame sa complainte sans savoir que le théâtre est dans la salle. Avec deux comédiens un peu isolés qui crèvent d'ennui en classe, le théâtre de deux gosses cadenassés par le devoir et l'éducation, cadenassés, pour l'instant.

Une grimace en ouvrant la fenêtre de la chambre, une prière pour qu'elle ne fasse pas trop de bruit. Mais la fenêtre se venge, grince et prévient ton père, tueur de môme installé dans son fauteuil en pleine lecture d'*Étrusques, une civilisation formidable*. La rencontre peut commencer. Tous les éléments sont réunis. Le retard injustifiable du fils, les nerfs à vif du père déjà humilié par sa femme, qui décide, pour une fois, de ne pas se laisser faire. Je reconnais ses pas dans le couloir. Le son n'est pas le même quand il est énervé.

L'homme maigre et chauve ne frappe pas avant d'entrer. Il ouvre directement et allume la lumière. Le fils tente de feindre celui qu'on arrache à un rêve naïf plein de bons résultats et de félicitations du conseil de classe, puis lâche vite l'affaire.

« Tu étais où ?

— Nulle part. Ici.

— Commence pas à me fatiguer, tu étais où ?

— Aux Tréteaux de France.

— Te fous pas de ma gueule, tu y étais hier soir, aux Tréteaux de France.

— Je sais, mais j'y suis retourné. »

Il s'approche, bien à point, je tente un dernier Je te jure que c'est la vérité, mais il m'empoigne par les épaules et me secoue, Papa, pour une fois, c'est vrai, je te jure, ma tête cogne contre le mur, il veut savoir, ne me croit pas, le syndrome *Pierre et le loup*, une fois de plus. Il dit Je veux savoir. Est-ce que c'est vraiment ça que tu veux savoir ? Une gifle en réponse. Je ne veux plus que tu me mentes, Henry, je ne veux plus de ça. Est-ce que ce sont mes mensonges à moi que tu ne veux plus entendre, papa ?

Deuxième gifle, je me lève, immunisé par la colère. Tu veux te défouler, défoule-toi, mon visage vers lui, les claques que je me file moi-même, J'ai pas besoin de toi, même pour ça, pour rien du tout, regarde, des ongles et des poings, et je frappe et je dis Frappe, vas-y, frappe, je sens rien, allez frappe, abruti, lâche, il recule, pétrifié, haineux, je balance mon front contre l'armoire, une fois, deux fois, trois fois, je veux claquer maintenant, qu'on en finisse avec cette fausse vie.

« Tue-moi, je hurle, tue-moi. »

Mon père me soulève, je termine dans la baignoire, sous l'eau froide, la bave aux lèvres et deux Valium dans le gosier. Classique.

7

Le piège se referme et je traîne dans ma baignoire le poste calé sur des chansons sans joie. Je me rince les cheveux. Musique du portable. Réflexion accélérée, l'eau devient trop chaude, impossible que ce soit Hélène, Laisse sonner, un coup d'Hortense encore, Hortense qui veut faire un tennis, impossible que ce soit quelqu'un d'autre, le bip prouve que, non content d'avoir appelé, on laisse un message. Hélène veut te voir demain. Hélène a aimé ta lettre. Hélène a dit texto : « J'ai trouvé ta lettre incroyable. » Hélène veut te connaître, en savoir davantage et peut-être même finir avec toi sa vie à la campagne. Hélène doit s'attendre à un mec fatal, genre acteur, genre bouc négligé et gueule bien construite. Voilà. Henry noyé dans sa baignoire. C'est toujours le problème avec les mensonges qui fonctionnent bien.

Martin a rouvert l'armoire des chemises qu'il ne mettait plus, a opté pour une Gucci mauve, un pantalon en toile et des mocassins sans chaussettes, ceux-là mêmes qui lui portaient chance à l'époque où il jouait Aramis sur les chaînes du câble. Son eau de toilette fétiche a envahi le véhicule. Comme avant, il a sorti une phrase drôle et s'est mis à rire comme un cheval qui part au galop. Mais, juste après, il a besoin d'un temps monstre pour enfoncer la clé de contact. Il est incapable de contenir ses tremblements. Il donne un coup de poing sur la boîte à gants, chope sa fiasque et s'enfile une grande rasade de ce qu'il s'est préparé tout à l'heure.

« Tu es sûr que c'est la bonne adresse ?

— J'ai réécouté son message pas mal de fois.

— Je connais cette fête, enfin, les gens qui l'organisent.

— On va où ? »

Il démarre, cherche visiblement la phrase exacte pour répondre, puis, amusé de savoir conduire encore, il murmure : « Chez des amis des médias. »

Son rire court et se casse la gueule un peu plus loin.

Sur l'autoroute, il poursuit : « Tu verras, en arrivant, on pense que c'est le genre de fête où des hommes baisent des femmes en même temps qu'elles donnent le sein à leur enfant. En fait, c'est comme partout. Il ne se passe rien. »

Clarisse est la grande brune qui reçoit. Clarisse parle et bouge beaucoup dans son duplex du VIe arrondissement. Son maquillage brille un peu. Mais sa transpiration vient d'ailleurs, nerveuse avant tout, une transpiration interne, un truc chimique, la trouille que sa soirée ne prenne pas, qu'il n'y ait pas les bonnes personnes, oui, plutôt une transpiration de cet ordre-là. À Martin, elle dit : « Martin, c'est pas vrai, Paul, regarde, Martin est parmi nous, Martin, tu ne peux pas imaginer le nombre de fois où je me suis dit il faut que j'appelle Martin mais je suis contente de te revoir tu sais, mais tu m'as l'air en pleine forme. Paul, un champagne pour Martin, un champagne. » Paul, cousin et bras droit de Clarisse, groom à petite lunette aristocratique, vieux garçon sans talent, Paul s'exécute. Il porte un calepin dans la poche de son veston afin d'améliorer les fêtes suivantes et semble, auprès des puissants, d'une compagnie fort sympathique.

Au fond de la salle, le buffet s'étire rouge de homards. Au centre, un comédien mal rasé récite des textes contre la société de consommation. Les invités applaudissent puis poursuivent leurs discussions. Un cercle se forme autour de Martin. Je devine qu'il souffre à son menton qui tremble. Il donne encore le change, il sait que l'alcool mélangé au tonic va bientôt lui venir en aide mais chaque phrase d'un nouveau venu est redoutée, et lorsqu'il répond, il doit aller dans les recoins de son savoir-faire pour trouver la réplique qui fera sourire les gens.

Je me fournis en vodka-orange et sucre de canne, je trouve les femmes jolies et très lointaines. À plusieurs reprises, des types assez beaux sortent d'une chambre, tout à fait décontractés, ils portent des pulls en laine à même la peau et se touchent le nez très souvent, Martin m'explique qu'ils travaillent pour un magazine post-moderne un peu je-m'en-foutiste.

Hélène n'arrive pas. Je me place à un endroit stratégique, entre la cuisine et le couloir, afin de ne pas manquer la future mère de mes enfants. Des gens se présentent à moi et me confient le détail de leurs journées. Ensuite, ils partent ailleurs se lancer dans la même entreprise. Dans le grand salon, Martin, entouré, insulte une femme un peu plus âgée que la moyenne. Il est penché sur elle, il hurle Qu'est-ce que tu crois, Agnès, que je dors bien, que j'ai pas son visage la nuit en permanence, que je compte pas les mois, que je sais pas que ma fille est venue au monde ? Qu'est-ce que tu sais de moi, Agnès, de moi et de mes impasses ? S'il te plaît, garde tes discours civiques pour tes jus de tomates entre copines.

Maintenant, tout le monde regarde Martin. Y compris Hélène qui vient d'arriver entre deux mecs absolument terribles. Je m'approche. Elle allume une cigarette comme personne au monde ne sait faire ça, et puis rigole un truc à l'oreille d'un des deux monstres. Martin poursuit de plus belle ses compliments sur l'assemblée : Voilà ce que votre médiocrité a fait de moi. Franchement, j'aurais dû naître à Nice.

Bien qu'à quelques centimètres de ma personne, Hélène n'a d'yeux que pour la sinistre engueulade. À un moment, son regard effleure mon visage, je tente Hélène, je te présente Martin, mon grand frère.

Elle ne répond rien. Elle fait une drôle de moue, pas forcément positive. Alors moi, seul face à cette grande fille, je déserte, je n'ai pas la forme suffisante pour dire mon âge et ma passion des histoires impossibles. Sa pitié, les petites phrases embarrassées qui risquent de suivre, je n'en veux pas. Tant pis, je reste un message, une lettre étrange, un genre de perfection. Et puis, il faut sortir Martin de là, en finir avec mes caprices et qu'on n'en parle plus.

Je le retrouve dans la salle de bains. Il vomit et insulte le robinet. Je soutiens sa longue carcasse contre mon épaule, on traverse la foule comme ça, clopin-clopant, Clarisse ouvre grand la porte et nous dit au revoir du bout des lèvres. Derrière elle, son cousin note discrètement quelque chose sur son carnet.

Au retour, Martin s'arrête tous les trente kilomètres pour dégueuler ce qu'il peut. À Vernon, j'ose dire Je savais pas pour la petite, enfin, que Jeanne était enceinte. Il répond rien, un ricanement gêné, un gosse qui vient de faire une crasse, puis respire un grand coup :

« J'en ai rien à battre de cette gamine. Tu sauras bientôt comment ça se passe. Au début tu veux vraiment un enfant. Comme dans les films. Après, revenir sur ta parole, ce serait comme trahir un vieil amour. Cette gosse, je rêve qu'elle n'existe pas. Je rêve d'un jardin avec juste un verre de blanc en fin de journée. Je rêve que la fuite s'arrête, d'un joint pour m'endormir et Jeanne avec un livre à côté. Je me moque du reste, Henry. Je supporte plus les vies que j'abandonne. »

8

Dans la cour du collège, des enfants trop vieux se cachent pour finir des quarts de cigarettes. D'autres, sous les préaux, se font des promesses que le temps risque de compliquer. Dans les W.-C., Clémence et Alexis ont les joues rouges d'une première fois. La salle des professeurs sent le tabac brun. Les regards vacillent d'anxiolytiques et de nuits trop courtes. Sur le panneau d'absence, le nom de ton professeur de français. Un sursis d'une demi-heure grand maximum. Les élèves sont installés dans la classe comme dans leur prochaine vie. En vrac et au premier rang, ceux qu'il faudra toujours combattre. Rien au milieu. Au fond, les pauvres, les bêtes, les animaux, les réfractaires, la belle et dangereuse seconde moitié du monde. Le proviseur arrive, tignasse poivre et sel, accent sudiste, sourcils épais, voix de circonstance pour annoncer l'accident de voiture. Indisponible pendant six mois, le chevalier blanc redresseur de mensonges, de torts et de fautes d'orthographe. Je vais vous présenter Mathilde Artaud, sa remplaçante. Alors ?

Alors une fille qui se prénomme Mathilde est belle, c'est mathématique, comme la loi des séries, comme la fin du monde, comme la chance qui se doit d'exister, forcément.

Elle monte sur l'estrade, pas le moindre coup d'œil pour la classe, visage mince, cheveux bouclés mi-longs, elle essuie le tableau sans laisser aucune chance à la moindre trace de craie, elle pousse un soupir de femme déjà fatiguée et inscrit sur fond vert son nom d'un geste sûr, Mathilde Artaud. Le dessin de son A évoque le A des anarchistes. Enfin, elle se retourne et couvre d'un regard guerrier les trente élèves. Elle dit Je serais votre professeur de français jusqu'à la fin de l'année, si je n'ai pas d'accident de voiture d'ici là.

Bonne pioche, murmure Patrick.

Mlle Artaud nous demande ensuite de remplir une fiche afin d'en savoir un peu plus sur chacun d'entre nous, très bien jeune fille, chouette idée, pas de temps à perdre, entièrement d'accord. Sur une feuille de papier Canson je griffonne une vieille silhouette appuyée contre un mur, visage ravagé par l'alcool, bouteille de rouge dans la main droite, flaque de pisse sous les pieds. Un délégué de classe, allure sportive, père ingénieur, ramasse les feuilles quadrillées. Je signe ma déclaration de guerre d'un prénom et d'un numéro de portable, observe le paquet qui arrive vers elle avec ma feuille qui dépasse, gonflé à bloc, fin prêt à répondre à n'importe quelle attaque. L'heure passe. Elle nous autorise à sortir, tout le monde se lève, moi le dernier, triste et sans réponse. C'est alors que, dans le bruit des chaises, je l'entends murmurer mon prénom.

Hortense, près de la porte, joue la fille décidée à m'attendre et je la détruis des yeux mais bien sûr, chrétienne comme elle est, à toujours s'apitoyer sur le premier tétraplégique venu, elle se situe à des années-lumière de ce qui se trame, ou feint de l'être comme savent le faire à merveille ces gens-là, alors je me pointe vers elle et grince : Attends-moi dehors.

— Mais.
— Attends DEHORS. »

Face à face. On se regarde enfin. Je me retrouve vite avec mon chef-d'œuvre sur papier Canson entre les mains. Je le contemple, assez admiratif, songeant à finir place du Tertre si les choses tournent mal.

« J'aurais préféré un nom de famille, une adresse, le titre de quelques livres, bref, ce que j'avais demandé.

— Qu'est-ce que vous avez demandé ?

— Des informations précises qui puissent vous définir. »

Je laisse un temps.

— C'est ce dessin qui me définit le mieux, Mademoiselle.

— Madame.

— Madame, c'est une anticipation d'autoportrait. »

Je recule, l'échange est dans le silence, je lui tends à nouveau le dessin, ça dure un peu, elle ne bouge pas, je pose la feuille sur son bureau, je m'éloigne, je dis à demain, elle répond la même chose, à demain, à demain Mathilde, à demain.

Hortense dans le *Vernon Car*. Col roulé triste de petite fille Gap. Tu ne vis que pour le sexe Henry, le sexe et rien d'autre. Je ne sais pas quoi répondre, alors je réponds juste Hortense, t'aimes pas le désir, c'est tout. Mais je n'y crois pas. Hortense fixe la campagne morne à travers la vitre, il y a du chagrin dans ses yeux et de la tempête sous ses vêtements, le cœur d'Hortense, à ce moment précis, je peux vous dire, tutoie le début de ses cuisses.

Elle retire son grand manteau bleu marine, le pose sur ses jambes comme une couverture dans les avions. Elle soulève un peu ses fesses et déboutonne son pantalon. Le *Vernon Car* est plein, ferry étrange qui offre de l'ivresse sur une départementale du Vexin. Les cheveux collés à l'appui-tête, elle tourne son visage vers le mien. « Touche. »

Je glisse mes doigts dans son jean, savoure les poils, descends un peu, découvre la chair adorable. Je poursuis un peu plus bas, sans chercher l'intérieur, juste le mélange de sa journée et de la frustration, il y a, à cet endroit précis, dans le sexe d'Hortense, le concentré d'un moment, un moment de la vie tout entière d'Hortense. Quoi qu'il arrive après, il y aura ce jour, ce jour précis, cet instant où son corps aura existé avec la fièvre d'un début. La suite, tout le monde connaît.

Le bus traverse un dernier champ. Avant de descendre, je dis Invente un truc de scolarité à ta mère, rendez-vous dans une heure chez moi.

Hortense entre dans ma chambre, je regarde ses joues marbrées, sa coupe blonde et courte un peu défaite, je m'approche, on s'embrasse à pleine bouche, mélange de salives, dents précipitées, abondance d'énergie, main crispée, maladroite sur mon sexe, genoux en feu, moi, ôtant son pull, son soutien-gorge, goûtant ses seins fragiles, son pantalon dégage, ses chaussures aussi, sa culotte se baisse avec l'aide de ses jambes, le dandinement de ses jambes, le duvet sous les aisselles, cette petite saveur avant la forte, mes lèvres plus bas, découvrir son goût, enfin son goût, un goût qui existe davantage parce qu'il redoute, parce qu'il attend. Le désir a un goût. Et jusqu'à la fin, ce goût aura celui d'Hortense.

Je parle à Martin de ça, le soir même. On est tous les deux dans le jardin. Moi, les lèvres à vif. Lui, les épaules basses. Comme ça on gèle, mais on veut éviter que mon père entende. Il dit Je comprends exactement ce que tu viens de vivre. Moi, aux beaux jours, quand je crevais direct si je ne voyais pas Jeanne pendant deux minutes, je pouvais définir chaque heure de son sexe, le goût exact, tu comprends, celui du matin lorsqu'on avait baisé le soir, le goût neutre après la douche, celui à son retour du travail, celui du début aussi, les premiers soirs, après nos dîners au China Club, et puis celui des longs voyages, aussi, les trains, l'avion, j'adorais l'avion, j'adorais fermer les yeux après l'avion.

Il est allé dans la planque d'alcool, direct la bouteille de Balantine's, et puis il a commencé à taper mes cigarettes, à raconter la drogue et les cuites, cette tendance ensuite à se comporter de mauvaise façon avec les gens qui vous tiennent à cœur. Il a avalé une gorgée de Mallox et deux comprimés de Motilium pour que son estomac tienne le coup. Il s'est levé en matant le ciel : « Je sais où elle vit. On va prendre la voiture ce soir, je veux juste la voir sortir de son immeuble et se diriger vers le métro, c'est tout. »

Ne pas dormir, ressembler à Patrick, se moquer de la géographie du lendemain, déculpabiliser. Je suis à la place du mort, la voiture est arrêtée, Martin dort un peu, on poireaute en bas de la rue Muller dans un morceau de dix-huitième qui s'éveille. À 8 h 15, une silhouette avec un landau apparaît au bout de la rue. Martin écarquille les yeux. Jeanne, belle allure, femme impeccable, se penche en souriant vers son nouveau-né puis lève le visage vers une fenêtre pour faire un signe d'amour à quelqu'un. Les yeux de Martin se brouillent.

« Je vais le tuer », il murmure. Mais il ne bouge pas. Plus tard, il sort de la voiture et se dirige vers le tabac d'en face pour acheter des cigarettes. Il en fume trois d'affilée. À la dernière, je lui propose de rentrer. Il accepte.

9

La conseillère d'orientation allume une Gitane. On va reprendre Henry, la question n'est pas de savoir si tu aimes les mathématiques, personne n'aime aller chez le dentiste, c'est une expression, je ne dis pas ça pour ton père, la question n'est pas là, la question est de savoir si – en adolescent responsable – tu acceptes la possibilité d'une seconde scientifique, pour pouvoir faire ensuite TOUT ce que tu as envie de faire.

Je sais déjà ce que je veux faire, je veux faire des films, rencontrer la femme de ma vie, boire des cocktails avec cette femme sur des terrasses qui donnent sur la mer et aucune seconde scientifique ne mène à ça.

Henry, il faut te confier, dis-moi dans quelle branche tu aimerais travailler plus tard. Sans quitter la fenêtre des yeux, je lâche : « Ça ne vous regarde pas.

— Si, ça me regarde, c'est mon métier, je suis payée pour ça.

— Justement, vous êtes payée pour ça.

— Ça prouve que je suis compétente pour ça.

— Ça prouve rien. Les gardiens de prison, aussi, sont des gens très compétents.

— Le travail fait partie de l'existence, Henry. Tout le monde travaille, et puis, on peut se réaliser dans le travail. Et pourquoi peut-on se réaliser dans le travail ? Parce que les contraintes permettent d'accéder à la liberté.

— C'est vous que vous cherchez à convaincre.

— De la liberté émane le plaisir, Henry.

— Les gens qui disent ça n'aiment pas le plaisir.

— Pas forcément.

— Si, forcément.

— NON !

— SI !

— Henry.

— Quoi ?

— Dégage de ce bureau. »

Mathilde Artaud termine ses cours à 15 h 30. Elle va descendre l'avenue à 15 h 45 et opter pour le trottoir de droite qui conduit directement à la gare.

Choisir une place à côté de la porte, le sac déjà fait, la sonnerie, se jeter dans le couloir, escaliers, re-couloir, surveillant qui hurle qu'on bouscule trop, je file, le parking, j'arrête de courir pour ne pas transpirer, être beau, plaire, toute ma vie, se contenter de marcher vite, descendre l'avenue jusqu'à son milieu, s'arrêter, remonter vers le collège, la croiser dans une minute, deux, cinq grand maximum, tu vas la croiser, il faut juste redescendre

et remonter plus lentement, alors tu redescends et remontes encore une fois plus lentement, une voiture arrive, la BX d'un professeur de sport, Mathilde est à côté de lui, sans un geste tu regardes la voiture passer, Notre-Dame vient de s'écrouler sur toi, Mathilde dans la voiture, son visage, les yeux de Mathilde, étranges, qui trouvent le moyen de te sourire. Voilà. Mathilde t'a offert un sourire. Notre-Dame vient de se reconstruire pour toi.

Force 8 à la maison. Ma mère vient dîner, l'adultère à not' table, la femme faillite, la belle, la délicieuse, lâcheté de mère trop sexy, « maman » à l'époque où elle bossait pour le musée du coin et ses deux toiles impressionnistes. L'art, ma mère adore ça, l'art, au point de finir avec un type spécialiste en presse informatique. L'art, toujours l'art. Papa, artiste comme jamais, prépare des spaghettis bolognaise avec un tablier de ménagère. Martin est enfermé dans son mobile home depuis hier soir.

La table est mise, les petits plats dans les grands, bougies, grande nappe et vieux bordeaux, le fonctionnement cérébral de mon père me terrifie, sa façon de croire qu'une belle table puisse pimenter l'indifférence.

Ma mère arrive comme une fleur. Elle semble revenir du travail ou du marché. Elle m'embrasse sur le front. Tu vas bien, mon chéri ? Elle claque une bise de vieux à mon père et demande où est Martin, Il arrive répond mon père en me matant ultra-fort pour que j'aille le chercher. Je réveille un Martin totalement H.S.

Nous nous installons dans l'harmonie absolue d'une grande famille qui s'aime.

Chacun fait des efforts pour éviter les sujets qui fâchent et comme beaucoup de sujets fâchent, on parle peu. Étouffé dans sa chemise neuve, stressé à mort, mon père se grille d'une façon assez démentielle à force de vouloir bien faire. Ma mère, jolie comme jamais, parfumée au Chanel comme toujours, laisse quartier libre à ses pensées et part dans de grandes balades. Martin décide de créer des lettres dans son assiette et termine son œuvre par « *Jeanne* » rédigé en spaghettis rouges en se léchant les doigts.

Mon père apporte un dessert capable de nourrir trois villes comme Vernon. Un type klaxonne en face de la maison sans sortir de sa voiture. Maman retrouve la terre en une seconde. C'est André, je dois partir. Elle se lève, passe la main dans les cheveux longs de Martin, grosse bise à mon père et remerciement pour cet excellent dîner. Moi, elle m'embrasse à la fin, un peu plus fort qu'à l'arrivée, j'ai son parfum pour la nuit, un parfum de ma vie d'avant. Certaines personnes, quoi qu'elles entreprennent, seront toujours pardonnées à cause de leur parfum.

Nous débarrassons comme dans un film muet. Finissez la vaisselle les gars, dit mon père, je vais prendre un peu l'air. On termine la vaisselle et je culpabilise. Un père comme ça. Un type qui fait son maximum à chaque moment, qui recoud la gencive des enfants, qui soulage les pulpites, qui se plante à ce point.

Il est debout, sur la pelouse du jardin, je demande si ça va, il répond, Oui, enfin ça va passer. Il mâche son chewing-gum avec une énergie pas loin des larmes. On ne m'a jamais appris à le prendre dans mes bras. Alors je reste paralysé. Au bout d'un long moment, comme un voleur, j'arrive juste à lui chiper la main. Il presse fort et je presse fort aussi, ça dure longtemps jusqu'à ce qu'il dise Je vais essayer d'aller dormir, maintenant.

Il m'embrasse sur la joue. Il me regarde en souriant. Puis il me montre comment il est possible de serrer quelqu'un dans ses bras.

10

Il y a longtemps, à chaque Noël, les chansons s'enchaînaient à côté du sapin. Ma mère disait à mon père qu'il chantait faux. Les vacances de Noël commencent ce soir. Henry décapité. Mais Henry avance le radio-réveil de vingt-cinq minutes, place le meilleur CD pour la douche et pique une chemise trop grande à son frère. C'est un matin avec le ventre noué. Un matin où l'on est incapable d'avaler quoi que ce soit.

Patrick passe en mobylette. Il te dépose à la gare dix minutes avant l'arrivée du train. Dix minutes, c'est important. En dix minutes, on peut passer par tous les stades de la trouille et même en inventer de nouveaux. En dix minutes, on peut fumer une cigarette au café d'en face avec la main qui tremble. Dix minutes, c'est important.

Tu vas aux toilettes reconsidérer ton visage dans la glace. Ta peau est encore neuve, sans cernes ni rides. Elle sort du train. Tu quittes le café, elle t'aperçoit, tu désignes le comptoir comme un type qui a l'habitude, tu t'engouffres de nouveau dans le bar afin que les autres professeurs en provenance de Paris ne t'aperçoivent pas brancher Mathilde Artaud. Elle entre, pose son sac et son écharpe sur une table, commande un express, elle sent bon, elle ne dit rien, toi non plus, tu as peur, tu n'as aucune chance, elle noie un demi-sucre dans sa tasse, remue longtemps le liquide noir et chaud, puis, comme si elle s'adressait à quelqu'un d'autre, elle dit : « C'est malin. Je ne devrais pas vous en parler, mais cette nuit, j'ai rêvé de vous. Et puis, c'est encore là, comme si c'était arrivé. »

Elle te regarde enfin. Elle déclare : « C'est plutôt gentil pour votre ego, ce que je viens de dire. »

Tu rassembles tes quinze premières années pour répondre.

« Je m'en moque Mathilde, je veux vous voir, dîner avec vous.

— Ah oui, dîner avec moi, où ça ? Au restaurant, au fast-food ? Vous voulez qu'on aille manger une gaufre ? Une crêpe au chocolat ? Où ça ? Dans votre appartement cosy de Vernon avec vue sur le collège ? »

J'encaisse. J'imagine le nombre de dîners avec d'autres, le geste tendre du mâle à la fin, les doigts qu'on dépose sur la main de l'autre pour ne pas dormir seul. J'imagine Mathilde amoureuse, folle amoureuse, parfois c'est elle qui s'en va, parfois c'est elle qu'on abandonne, j'encaisse.

Elle pose dix francs sur le comptoir. Je dis, Laissez, je m'en occupe, elle n'écoute pas et se retourne en ouvrant la porte.

« Demain soir, si vous voulez, je vous appelle ».

Elle a dit ça. Elle a dit ça. Peut-être que dehors, une R 25 furieuse va griller un feu et me défoncer le crâne, mais elle a dit ça. Je marche. Je remonte l'avenue, je pourrais faire un marathon sans problème, un foot avec chaque arbre centenaire, je pourrais être adorable avec les gens qui passent et même prévenant envers les vieux, je pourrais sourire pendant des siècles et le reste aussi, je pourrais le faire. La seule chose, c'est aller en classe. Aller en classe, je ne pourrai pas. Je passe devant le collège et continue pour de bon.

Seul dans la salle d'attente. Mon père finit avec un patient. J'essaye de trouver les mots pour dire à cet homme que je suis amoureux d'une femme. Aux murs, des affiches imbattables sur les bienfaits du fluor, le vaccin contre l'hépatite B et les dangers du tabac. Je m'installe à la place du malade, entre nous deux, une grande lampe à tête de vipère.

« Tu ne devrais pas être en classe ?

— Si, je devrais être en classe.

— Alors ?

— Alors je suis amoureux.

— Je ne pense pas pouvoir t'être d'une grande aide là-dessus.

— C'est pas ce que je demande.

— Tu me demandes quoi ?

— La maison pour demain soir. Enfin, pour la nuit.

— Et je vais dormir où, moi ?
— Je sais pas. T'es grand. »

Il se lève, je me dis que peut-être il va m'examiner la bouche, qu'il est peut-être malade à ce point. Mais il range son matériel et soupire On verra, retourne en classe.

« Papa, je ne retournerai pas en classe aujourd'hui.

— Je sais, c'était juste une façon de parler, bonhomme. »

Martin, j'ai besoin de 3 000 francs, me demande pas pourquoi. Il me regarde, l'air méchant Tu crois que je suis du genre à te demander pourquoi ? Je rétorque Non Martin, t'es pas de ce genre-là, et je lui raconte tout. Il ne répond rien, sort sa carte de crédit et un morceau de papier sur lequel il note le code.

Je reste encore un peu, pour la forme. Il est sur le lit de son mobile home, il ouvre son minifrigo, s'avale une gorgée de lait et essuie une esquisse de moustache d'un revers de main. Son intérieur commence à sentir mauvais. Je suis obligé de tendre l'oreille pour percevoir ce qu'il raconte, l'histoire de Pablo, un ami chilien rencontré à Paris. « Il vivait toujours chez des nanas différentes, la dernière en date avait accepté de lui laisser sa chambre pendant sa semaine de vacances. Le soir-même, Pablo fête ça à n'en plus finir, buvant tout ce qu'il peut, gobant tout ce qu'il trouve. Au matin, il monte se coucher dans la mezzanine de la fille, ravagé, il comate et son coma vire au mauvais rêve, il tombe de la mezzanine sur la table en verre, se brise les côtes et commence à faire une hémorragie, il ne peut ni bouger ni appeler à l'aide. Il gerbe tout ce qu'il a dans le ventre. Quelques heures après, la copine repasse chercher un truc. Elle découvre l'épave, la puanteur, il s'était chié dessus. En rage, elle lui dit : “Je reviens dans cinq jours et je veux tout ça impeccable sinon je porte plainte.” Il est mort au bout de trois. Je crois qu’on peut dire qu’il s’est bien battu. »

Patrick et moi roulons jusqu’à Cergy-Préfecture. Un rendez-vous devant le centre commercial des Trois-Fontaines. Ce trajet part d’un bon sentiment, mais je redoute une fille avec des ongles interminables, une jupe en skaï et la voix rauque. Sauf qu’elle arrive toute simple et s’excuse pour son retard, la gêne empourpre son visage lorsque Patrick lui annonce que nous sommes pressés. Nous nous dirigeons vers un studio comme si on allait prendre une bière entre amis et se raconter nos dernières déceptions. Elle nous offre du Coca et demande l’argent, Comme ça on n’en parle plus.

Son mobilier se compose d’une table, de quatre chaises, d’une affiche de Fès, d’un canapé et d’un chien minuscule qui jappe souvent. Elle dit du chien que c’est un cadeau empoisonné de son ex quand ils étaient ensemble. Enfin, elle déplie le canapé et étend une grande serviette sur le matelas. Nue, on voit sa marque de césarienne et un grand tatouage sur sa fesse gauche. Je demande ce que ça représente. Je sais pas vraiment, elle répond, c’est un truc qui porte chance.

Patrick commence. Son attitude prouve qu’il n’est pas neuf avec ça. Le chien se met à aboyer. La fille me demande de l’enfermer dans la salle de bains, ce que je fais. À mon retour, Patrick sodomise la jeune femme en lui donnant de lourdes claques. Je trouve étrange de se comporter aussi violemment avec quelqu'un d'aussi calme.

À la pause, elle prend une douche et rassure le chien avant de revenir. Puis elle dit : « À ton tour, jeune homme. » Elle a plus d'assurance que tout à l'heure. Je retire mon pull et souffle : « Moi j'ai moins l'habitude. En fait, j'ai pas l'habitude du tout, je préférerais un truc plus classique. » Elle répond Sans problème et, compréhensive, me suce un peu bien que ce ne soit pas vraiment nécessaire. Je l'embrasse à pleine bouche pendant assez longtemps. Elle veut m'enfiler une capote, mais Patrick gueule Non, il faut qu'il apprenne sans. Alors j'entre en elle en continuant à l'embrasser, je tiens bon et respire fort, parfois on se regarde dans les yeux en se souriant, et puis j'embrasse de nouveau son cou, ses lèvres, ses oreilles. À la fin, elle dit Viens maintenant, en gémissant un peu trop fort pour ne pas tricher. Mais je ne lui en veux pas, disons même que je suis plein de reconnaissance et que la tricherie est une attitude que j'accepte tout à fait. Je l'entoure de mes bras pour finir, le chien hurle dans la baignoire et je me retiens pour ne pas dire Je t'aime. Je crois que ses yeux devinent ce que je refuse d'avouer. Je crois même qu'elle sait qu'à cet instant-là, je l'ai aimée.

11

Revenir à Paris, pour quoi faire ? demande Martin, pour recommencer quoi ? Avec qui ? Revenir à Paris pour démolir quoi, cette fois-ci ? Revenir à Paris pour voir des gens qui sont toujours en double appel ? Moi, je reste dans ma cabane, je régresse tranquillement, je patiente en attendant que tout s'arrête, mais je patiente seul, sans abandonner qui que ce soit.

Le truc que vous préférez à table ?, j'ai demandé à Mathilde au téléphone, ce matin. Je tenais la grande forme. Des huîtres, elle a répondu. Des huîtres, je déteste ça. J'ai quand même pris les choses en main, le bus jusqu'au supermarché, retour les doigts rougis par le poids des sacs. Dans la cuisine, j'ai fait le maximum pour ouvrir les bêtes, une douzaine, les phalanges en sang, un vrai combat. Une salade de gésiers aussi, du fromage, un gâteau et des langoustines, au cas où nous aurions faim.

Martin passe dans la cuisine chercher une bière, je lui demande de l'aide. Tu veux jouer, tu te démerdes, il répond.

« Aigri, je fais.

— Publicitaire, il répond.

— C'est toi, le publicitaire.

— *C'était* moi le publicitaire, *C'ÉTAIT MOI.* »

Il gueule ça au-dessus de mon crâne, je pige qu'il m'en veut à cause de Papa, exclu par mes soins, Papa qui, du coup, se retrouve à dormir dans le mobile home de Martin.

« Henry, est-ce que tu réalises que ce soir je vais essayer, je dis bien essayer, de passer la nuit sur le même matelas que mon père à cause de tes conneries.

— Quelles conneries ?

— Tu devines pas.

— Non.

— Les mêmes, exactement les mêmes qui font que j'en suis là aujourd'hui, précisément ce soir. »

Silence méprisant de ma part. « T'es pas amoureux d'elle, Henry. T'es amoureux parce que c'est ton état naturel d'être amoureux, parce que tu n'as trouvé que cette formule pour te faire un peu moins chier. »

Dans cette cuisine, Martin ne pense qu'à la fin du repas. Les cigarettes écrasées dans les coquilles d'huîtres, le vin blanc qui commence à faire son effet. Il connaît les jours d'après. Les réveils difficiles, les trahisons discrètes et progressives. Il en a sa dose de laisser un mauvais souvenir. Il est à vif de ces mensonges-là.

12

Mathilde, rien de grave. Un cas de narcissisme ordinaire. Un transfert sur un adolescent de sa propre adolescence. À la même heure, le même jour, elle regarde son psychanalyste lui renvoyer ses erreurs moyennant une somme d'argent pas trop mal employée. Mathilde pense à ce qu'elle portera tout à l'heure. Au commencement était Pascal. Il poursuivait des études de philosophie et fume toujours des cigarettes roulées. Pascal est sarcastique et passionnant. Je hais Pascal. Dix années de départs définitifs, de repentirs et de claquements de porte. Mathilde, le soir, lorsqu'elle est seule chez elle, se sert un whisky. C'est une attitude récente. Un geste qui réchauffe. Dans la bibliothèque, les livres dédicacés par Pascal sont les seuls qu'elle conseille encore aujourd'hui. Ces livres portent en haut à droite les initiales de son premier amour. Un peu comme des suçons qui ne s'en iraient plus.

Dans la glace, Mathilde se regarde de dos. Plusieurs tenues de soirée sont étalées sur le lit. Elle se fait couler un bain, en même temps qu'elle a sa mère au téléphone, en même temps qu'un appel de sa meilleure amie bippe sur son portable. Un appel qui va rester sans réponse. Mathilde est pudique et souhaite garder pour elle ma peau d'enfant.

Dans son sac à main, elle dépose sa brosse à dents. Elle n'a rien à se reprocher. Elle a fait son maximum avec Pascal. Avec son fantôme aussi. Mathilde, sur le plan sentimental, est même plutôt proche d'un sans-faute. Elle fait partie de ces rares personnes qui peuvent se permettre d'avoir bonne conscience. Ce jour-là, elle sait qu'elle va faire une erreur, une belle erreur, une jeune erreur, une erreur pleine d'énergie.

Un élève – et merde, pourquoi pas.

13

L'amoureux se prépare toujours selon le même rituel. Il ouvre des huîtres et respecte scrupuleusement son emploi du temps. Chaque chose à sa place et à son heure, vous comprenez. Le coiffeur, enfin le coiffeur, le repos chez le coiffeur, l'amoureux est ainsi, un coquet qui s'offre. L'amoureux oublie les horreurs vécues dans les salons de coiffure de son enfance, le souvenir de l'after-shave, du visage morne de l'homme à la gourmette qui cogne contre ses tempes, de sa volonté mesquine de vouloir à chaque fois couper les cheveux un peu trop courts, de dégager autour de l'oreille malgré les plaintes.

Aujourd'hui, l'amoureux se rattrape. Il passe devant l'ancien salon et y jette un regard moqueur. Aujourd'hui, l'amoureux va chez Sylvie coiffure, repère de femmes et d'homosexuels. Eux savent le prix des rêves. Eux savent que les cheveux longs de l'amoureux sont fragiles et permettent de vivre loin.

Mon père remonte de sa cave une bouteille. Il semble un peu triste. C'est meilleur avec les huîtres, conseille-t-il, mais fais ce que tu veux. Il repart dans le jardin, je le regarde de dos, sa grande silhouette, cette démarche de ceux qui n'espèrent plus rien. Mathilde. Je sais déjà de quoi je vais lui parler. Je suis prêt. J'ai déjà séduit un grand nombre de filles. Et puis, j'ai répété dans ma chambre.

Elle sonne, j'ouvre, un baiser sur la joue, juste un baiser sur la joue, bien montrer que les choses sont différentes, je propose un kir direct, elle accepte. La vie se déroule impeccablement, un ton au-dessus même, elle m'écoute, les yeux brillants, je l'écoute à mon tour tout en préparant des trucs incroyables à dire juste après, le repas glisse, servi sur la table basse sur les conseils de Patrick, pour plus de désinvolture, pour un format tranquille et romantique. Seul problème, la musique, les meilleurs trucs de Mozart en fond sonore pour l'atmosphère. Elle demande si on ne peut pas changer. Cette musique lui rappelle la salle d'attente de son gynécologue. Mais je n'ai pas beaucoup de disques. Même pas Tindersticks ? elle demande. Non, même pas Tindersticks.

Une statue pour Patrick. Une grande statue, une cathédrale, une basilique, vite, quelque chose de monumental pour Patrick. Une plaque en or avec sa gueule dans toutes les rues, son nom dans les écoles, le mélange de ses cendres à celles de Victor Hugo. Patrick devrait être sponsorisé par l'État, canonisé, déclaré d'utilité publique, on devrait faire en sorte qu'il vive éternellement. Grâce à ses conseils, on s'embrasse dans ma chambre, on s'embrasse à en prendre pour dix mille ans de baisers, je termine avec la bouche irritée pour toujours, je remonte sa robe, elle m'arrête. Mathilde a ses règles. Mathilde a envie mais Mathilde a ses règles. Je travaille, ça dure, elle stoppe, toujours un peu plus tard, chaque heure je gagne une parcelle, un grain de peau, un morceau de slip qu'on pousse un peu plus loin, un bout de sexe qu'on explore enfin, le goût du sang sur la langue, le mélange de ça, de ma salive et de la cyprine, je transpire, je ne vis plus, dehors j'entends les cloches sonner 5 heures, je caresse, elle souffle, j'ai le dos détruit par la nervosité, elle tremble comme quelqu'un qui va mourir bientôt, alors elle se relève, me regarde presque sans vie, me touche la joue et me dit d'une voix étranglée : J'ai trop envie, je reviens.

Elle revient, on recommence, on s'embrasse comme des amants se retrouvent, le tampon n'existe plus, aucun tampon entre elle et moi, rien que le contact dur de ma langue en elle, mes lèvres, mon nez à l'intérieur, ses cuisses qui se tendent, ma langue qui cherche au plus profond de son cul, elle soulève ma tête, me ramène vers elle. Je veux, maintenant, elle dit. J'écoute, jamais je n'ai été aussi attentif à quelqu'un, je respire avec elle, elle m'agrippe les hanches, quelquefois je m'immobilise, c'est trop fort, alors je regarde son visage, ses seins légers, j'improvise, j'invente des caresses et des choses suspendues, comme des millions de semblables avant moi, je reprends, l'amour s'accélère, deux fous lancés dans une belle impasse, deux fous qui osent, sans se connaître, se dire des choses en s'enfonçant l'un dans l'autre.

Elle est bien. Elle se repose, elle ronfle un peu et je considère ça comme une récompense. Je prends soin d'elle, de sa face calcinée par l'étreinte, elle s'excuse pour le sang sur les draps, je dis C'est rien, mon amour, c'est absolument rien. J'allume une cigarette et la lui donne avec l'impression d'avoir fait ce geste toute ma vie.

On marche jusqu'à sa voiture. On se parle dans le froid, nos mots font de la fumée, des échanges dans le petit matin. Elle met le contact et ressort pour m'embrasser, et, à ce moment précis, je peux dire que même le champ de colza, même le tracteur qui passe, même les vaches dans le pré, même ces bêtes immondes, tout cela forme un paysage unique et très agréable à regarder.

Elle démarre, fait marche arrière, ouvre sa vitre, elle parle d'une rétrospective à l'*Action Christine* ce soir, je ne pige pas tout, mais lorsqu'elle dit Si tu veux après, tu pourras dormir chez moi, je réponds que c'est d'accord pour le plein de culture à l'*Action Christine*.

Je frappe au mobile home et annonce à mon père qu'il peut réintégrer sa maison. En l'attendant, je grille des toasts et prépare du thé. Par la porte-fenêtre, je le vois sortir avec Martin. On dirait des otages après un long séjour dans l'obscurité. Ils semblent être ivres et n'avoir pas dormi. On sirote un thé tous les trois. Mon père se lève et décide d'aller se coucher. Martin se lève aussi et le regarde longtemps sans un mot. Mon père rejoint sa chambre. Martin se rassied et termine son thé. Il me frictionne les cheveux avec sa main. Il sourit. Il vient d'apprendre que mon père va mourir bientôt.

L'après-midi, je rejoins Hortense et sa mère qui tiennent un stand en pleine foire à tout. Je débarque, visage de loup, carton lourd du maximum de ce que j'ai pu piquer à la maison, extincteur, chemises, 33 tours, vieux foulards de ma mère, cendriers, livres de poche, microscope électronique, et même une photo dédicacée de Yannick Noah, une photo dédicacée à bout de bras après des heures d'attente. Il me faut de l'argent pour Paris. J'ai froid et je veux offrir un cadeau à Mathilde. Le reste ne me concerne pas. Un type arrive, il porte des lunettes fumées, visiblement ce type n'existe que pour faire des collections. Il demande Combien pour la photo de Yannick. Je dis cinq cents, histoire qu'il me lâche, il dégaine son billet ultra-vite et chaparde la photo sans dire Merci, sans même évoquer les revers chopés de Yannick, sa façon bien à lui de mourir au premier tour de Roland-Garros à la fin de sa carrière. L'homme s'en va. Il se perd dans la foule. Il se moque de l'époque où l'on tremblait pour notre joueur à cause de ses retours de service presque inoffensifs, de ses montées au filet la fleur au fusil. L'homme s'en tape de ces moments-là, il collectionne. Peut-être même va-t-il aller jusqu'à revendre ma photo, quel prix ? Quel prix pour une photo ? Pour une signature ? Quel prix pour un souvenir ?

J'ai dit à Hortense, Je te laisse mes affaires et je vais dormir un peu parce que je me sens las, parce qu'être adulte est un dur métier.

14

À la montagne, dans un petit studio de location, mon père prépare une raclette au feu de bois. Il dit Enfin on se retrouve tous les trois, à la neige, comme avant. Mais le visage de Martin n'a rien à voir avec celui d'avant. Et ma mère passe des week-ends à Megève sans nous. On se retrouve à la neige, comme avant, répète mon père. Mais la nuit arrive et, pour la première fois, les sports d'hiver usent mon système nerveux.

J'appelle Mathilde six fois par jour. Si c'était possible, je grefferais un portable dans ma cervelle. Si c'était possible, j'installerais des relais Itinéris au creux des montagnes et je placerais une caméra minuscule dans l'âme de Mathilde pour suivre la plus insignifiante de ses pensées. Le repas terminé, mon père nous propose un jeu de cartes. Martin invoque un mal de ventre pour monter se coucher. Je reste calme quelques secondes puis balance On va pas jouer à deux de toute façon. Mon père allume la télé. Je sors enfin, l'extérieur, l'air froid, les marches verglacées, je remonte la fermeture de mon anorak, trouve un beau coin qui donne envie d'être amoureux. J'allume une cigarette.

« Allo ?
— C'est moi.
— Tu me manques.
— Toi aussi, Mathilde. C'est insupportable.
— Alors, viens, si je te manque. Prends un train, viens me rejoindre à Paris.
— Impossible.
— …
— Mathilde, plus que trois jours. Dans trois jours, je serai là.
— J'ai envie de toi.
— Moi aussi. Je t'aime, Mathilde. Complètement.
— Il faut que je raccroche Henry. Je suis en retard.
— Tu sors ?
— Oui, avec des amis.
— Mathilde ?
— Quoi ?
— Ne raccroche pas tout de suite.
— Bon, alors raccroche, toi.
— Non, toi.
— Non, toi.
— Non, toi.
— Bon, Henry, je vais raccrocher tout doucement, je t'aime.
— Je t'aime, Mathilde.
— Moi aussi.
— Tu es toute ma vie.
À demain, mon amour.
— À demain.
— …
— …
— Allo ?
— Oui ?
— Mathilde ?
— Oui ?
— Tu n'as pas raccroché ?

— Non, je n'ai pas raccroché.
— Alors tu m'aimes ?
— Alors je t'aime. »

15

Dans le bus, un type que je ne connaissais pas s'est approché de Mathilde, ils se sont embrassés, il a enchaîné avec une phrase sympathique, puis il est descendu sans la quitter des yeux, elle lui a souri bêtement. Sans me le présenter.

« Tout ça est allé trop vite, je n'y ai pas pensé, voilà tout, arrête maintenant, tu n'as pas l'âge de te comporter en mari jaloux. »

Mathilde ou la difficulté tragique d'être une femme. Éviter les crises de nerfs. Faire avec la fatigue. S'épiler dans quarante mètres carrés. Finir les mollets à la pince, traquer chaque poil sous la peau et l'en extraire sèchement. Désinfecter tout ça. Vivre avec un mari jaloux de l'âge d'un enfant. Un enfant qui ne supporte plus le passé de sa femme. Je commence à découvrir les défauts de son appartement, de cet endroit où l'ex rôde sur chaque photo, chaque livre qu'elle me prête. Il suffit qu'elle s'en aille faire des courses pour qu'en fouillant je découvre une lettre de Pascal. Pas croyable à quel point ce type adore écrire.

Souvent, elle m'invite dans le restaurant de notre premier dimanche, après l'*Action Christine*. Le serveur nous réserve une table près de la fenêtre. Il sait que nous nous aimons. Le serveur est un allié, un frère qui n'a jamais couché avec Mathilde. Je lui laisse un pourboire à chaque fois. Je crève souvent d'un Coca mais commande un Martini blanc en apéritif. On dîne avec une bouteille de vin. Je bois deux verres et j'ai la tête qui tourne. Mathilde finit la bouteille en évoquant les dix années qui nous séparent. Elle raconte sa première cuite et ses années folles, la cocaïne et les virées à Barcelone. Je rêve de détruire tout ça.

Elle prend mon bras sur le chemin du retour. Nous nous taisons. Parfois, je songe qu'elle a mille ans. Elle s'endort difficilement, comme Martin, comme tous les gens qui possèdent un passé. Moi, après l'amour, le sommeil me prend à grande vitesse. Je vois une route en pleine nuit, une petite fille chante et pleure sur le bas-côté en appelant ses parents. Je veux l'aider mais c'est impossible. Je me redresse la fièvre au front, Mathilde me regarde. Elle pose sa main sur mon visage.

Je cherche quelque chose à dire. Je murmure « Présente-moi tes parents, Mathilde, je veux que tout le monde soit au courant, je veux tout connaître de toi.

— Je le ferai si tu veux, Henry, je te présenterai mes parents, ça et le reste, je le ferai, alors, quand tu auras bien fait le tour, alors vraiment tu t'en iras. »

Elle se dirige vers la salle de bains prendre un cachet. J'allume une cigarette. Elle met un disque.

« Je t'aimerai toute ma vie, Mathilde.

— Je sais, tu m'aimeras toute ta vie.

— Tu me crois ?

— Presque. Dors maintenant. »

Je suis assis avec Jeanne, dans un café. Elle sortait d'une boutique. J'ai hurlé son nom du trottoir d'en face.

Jeanne est brûlante et parle froidement. Elle parle comme quelqu'un qui raconterait un fait divers.

« J'ai des nouvelles de ton frère. Je dînais avec une amie, je regardais par la fenêtre quand il est arrivé. »

On devine les beaux seins de Jeanne à travers sa robe.

« Il titubait et dégueulait partout. Assez vite, tu sais, Martin m'a détestée. Il le prouvait avec faiblesse en laissant traîner ses fringues, en ne faisant pas le moindre effort, en me croisant le moins possible dans l'appartement. »

Jeanne reste bien droite sur sa chaise en racontant tout ça. Mon frère a donné des coups contre la porte de l'immeuble, il a engueulé les parcmètres, qui eux savent se tenir. Jeanne est descendue, elle croyait pouvoir lui parler malgré l'alcool, mais l'alcool n'entend rien et détruit les gens qui s'aiment. C'est son côté exclusif. Comment fait-elle, Jeanne, pour être aussi belle sans avoir dormi ? Elle vous parle de choses dramatiques et cependant, on aimerait lui faire l'amour. Elle raconte les nuits sans sommeil, les débuts de la séparation, la découverte des mensonges, cette sensation d'avoir aimé si longtemps un étranger… « Et je me suis levée tous les matins, Henry. Et j'ai accouché avec les yeux de ma mère sur moi, Henry, ce matin-là, les yeux tristes de ma mère sur moi. Je commence à regarder les autres à nouveau, à ne pas toujours en vouloir à ma fille. Je vais continuer à oublier ton frère, à me fabriquer un autre chemin. »

Elle me pique une cigarette, un jour je comprendrai que c'est un geste typiquement féminin, de la femme facile à la femme blessée. Les femmes sont des voleuses de cigarettes. Martin est monté voir sa fille malgré les hurlements de Jeanne. Il est entré dans la petite chambre, il est resté là, immobile, sans oser la toucher.

Jeanne est une femme grande, courageuse. Elle ne mérite pas l'affreuseté de certains hommes et possède les plus beaux seins du monde. Un soir de déroute, mon frère m'a longuement parlé d'elle, de ses retours terrassée par le travail, lui qui ne faisait rien à part fumer et gober l'impossible dès 16 heures entouré de sa cour infernale. Jeanne, capable de cuisiner des festins avec trente francs, m'avait dit Martin. Jeanne, capable de découper des recettes de cuisine pour les coller dans des cahiers d'écolier et de noter dans ses carnets ce qui n'allait pas dans son couple, elle pouvait lire des heures entières malgré son œil droit fatigué, il fallait la voir faire les courses, des listes, elle tenait des listes, elle comparait les articles par amour, Henry, elle comparait par amour, pour que ce soit mieux, elle économisait l'argent pour être belle, me faire plaisir ou qu'on parte en voyage. Elle adorait les voyages. Parfois, dans les brasseries parisiennes, je la regardais mouiller son doigt pour compter ses tickets-restaurant, c'était son truc ça, les tickets-restaurant. Et puis surtout, elle s'est battue, Henry, crois-moi, elle s'est bien battue. Aucun saint, Henry, tu m'entends, aucun saint, aucune bête de Camargue, aucun sage d'Orient, personne n'aurait accepté d'en baver autant qu'elle.

Jeanne s'est bagarrée pour notre couple comme une chiffonnière, une vraie princesse. L'espoir d'une amélioration en étendard, se démenant dans ce mauvais jeu dont elle ignorait les règles. Tu aurais dû la voir, Henry, chercher à comprendre, coûte que coûte, alors que déjà, elle saignait de toutes parts. Tout se dégradait et j'étais moche au point de ne pouvoir le lui dire, alors, je la regardais faire, s'user sur les détails, conserver le salon et la chambre propres, ranger pour tenter de s'en sortir. Ça donnait un lieu presque accueillant pour qui ne savait pas les nuits de naufrage à se haïr sur un même matelas, à n'en plus dormir, Henry, à n'en plus dormir, à finir comateux sur le matin, à vouloir se tuer mutuellement. La mise à mort de notre histoire, elle n'y a pas cru. Elle a tenu le duel jusqu'au bout. Et même après. Tous, y compris les moins proches, savaient que son rêve allait mourir, parce qu'on ne construit pas le bonheur, Henry, on ne construit pas les rêves. Mais elle, Jeanne, une beauté ! Quelle beauté ! Elle laissait des lettres sur la table, certaine que de simples mots pouvaient changer le sens d'une histoire. Conneries, les mots, Henry, les mots sont comme les gestes, de la supercherie. Il n'y a que le temps et la réalité qui importent. Elle est restée jusqu'à la fin, Henry. Buvant la déchéance jusqu'au dépôt, parce qu'elle est ainsi, robuste, idéaliste, têtue. Et après, Henry, après la première rupture, les spectateurs étaient déjà loin, elle a continué, on a continué, comme des morts, pour redonner à ce couple qui n'existait plus une dernière chance, déjà passée depuis longtemps. Alors, seulement, la douleur peut commencer. La haine se calme et la douleur peut commencer. Il est temps de souffrir. La douleur arrive en pleine nuit, comme un coup de poignard, comme si on allait mourir tout de suite. Jeanne était prête à continuer, prête à prendre des coups encore, des coups pour rien. Bien sûr, j'avais quitté l'appartement. Tu connais ma lâcheté. Alors, toute seule, elle a plongé plus bas. Les yeux grands ouverts. C'est elle qui a fait visiter la chambre et le salon au nouveau couple, elle qui s'est occupée du bail. C'est elle qui est restée jusqu'au dernier matin avec une bougie et un duvet pour tout confort, c'est elle qui a fait l'état des lieux. Alors, écoute-moi maintenant. Écoute. Imagine. Elle dépose le duvet dans sa voiture. Elle remonte pour jeter une dernière fois un œil dans l'appartement. Le regard de Jeanne à cet instant-là, Henry. C'est un regard fantôme, un regard qui me vide. Un regard qui fait que les autres regards ne m'intéressent plus.

16

On faisait un petit trafic, Patrick et moi, un trafic de rien du tout. Des films de cul, de simples films de cul. Depuis que je vivais avec Mathilde, j'achetais les cassettes dans des sex-shops. Patrick en faisait des copies pour le plus grand nombre. Un acte communautaire, en quelque sorte. On s'est fait avoir de manière assez fade, un type qui au dernier moment n'assumait plus. La routine. Seulement, ils ont voulu montrer l'exemple. Conseil de discipline. À dix minutes de l'épreuve, Patrick dévore un pain au chocolat dans le couloir. Un par un, nos juges arrivent dans la grande salle. Les professeurs, dont Mathilde qui fait semblant de lire son journal. Puis les parents de Patrick, Hortense qui est déléguée de classe et regarde ses baskets, le principal fin prêt pour diriger Fleury- Mérogis, tous avec des têtes de circonstance, un plaisir dans la gravité, sans doute pas mécontents de vivre un petit jour de gloire. J'attends mon père, Patrick me propose son deuxième pain au chocolat, je lui demande comment il fait pour bouffer ça maintenant, Très simple, il répond, il suffit d'être spectateur de soi-même, tu vois, Henry, ce n'est pas à moi que ça arrive, c'est à quelqu'un d'autre. On perçoit le son de la cassette incriminée, et je vois Martin qui débarque, un gobelet en plastique à la main qu'il touille avec un stylo au capuchon rouge pour diluer deux Citrate de bétaïne, il se pointe vers Patrick et moi, nous embrasse : « C'est moi que ces génies ont eu au téléphone, j'ai dit que

Papa ne pouvait pas passer et d'ailleurs c'était vrai, bon, c'est où la réunion Tupperware ? »

On lui montre la salle. Il dit Suivez-moi, on lui fait remarquer que ce se serait plus diplomate d'attendre qu'ils nous appellent. Il fait une moue qui allonge encore davantage son menton et acquiesce d'un Comme vous voudrez.

Lorsqu'on entre enfin, Martin a déjà pris la parole, il exige qu'on lui repasse le début de la cassette, il n'en démord pas, déclare que c'est important, que c'est l'unique pièce à conviction que le jury possède. Hortense est écarlate et Mathilde toujours plongée dans son journal. Je regarde ces gens, je sais presque tout d'eux par mon père dentiste. Je sais les vies ratées, les femmes trompées, les hommes seuls, les dents qui se déchaussent à cause de l'alcool et celles sur pivot. Le principal demande si l'on conteste les faits. Non. A-t-on quelque chose à dire pour notre défense ? Patrick se lève : « Messieurs-dames, tout d'abord merci de me faire échapper un peu à la médiocrité de mon quotidien. Ce qu'Henry et moi avons à dire est simple. Le sexe est la porte d'entrée du monde. La mort est l'autre porte. Le sexe et la mort, il n'y a que ça. Georges Bataille le raconte mieux que moi, je vous engage à le lire en 10/18. »

Le principal tente de répondre, comme quoi Interdit au moins de 18 ans, comme quoi dégradation de l'image de la femme, comme quoi circulation d'argent dans un établissement de la République, mais Martin tient à amortir son déplacement : « La République aussi, c'est le sexe. Tout part du sexe, tout vient du sexe, tout sent le sexe, du soir au matin, du matin au soir, le sexe est la raison ultime à toute chose, le premier paragraphe et la dernière ligne. Du sexe surgit l'émotion, dans les toilettes et les sous-sols, dans les cliniques et les prisons, c'est le cœur qui résiste, c'est le vagin qui parle, tout vient du sexe, les guerres et les tableaux, les échecs et les naissances, c'est ce qui nous fait survivre et pleurer parfois. Laissons le sexe tranquille et nous rendre immortels quelques secondes par an. »

Et puis Martin commence à évoquer Jeanne.

Alors, gêné, le principal réduit notre sentence à trois jours d'exclusion.

Je rentre avec mon frère. Ce soir, je ne dors pas chez Mathilde. Ce soir, je veux ouvrir la porte de ma chambre, la retrouver, elle et ses rêves de l'après-midi. Je veux m'arrêter un peu, m'asseoir, parler à celui que j'étais, lui expliquer que je fais mon maximum et attendre qu'il me foudroie du regard. J'ai pris un sac de voyage, j'ai pensé à Mathilde, à mes colères dès qu'elle félicite quelqu'un d'autre en classe, à la rapidité exaspérante avec laquelle une grande fatigue envahit toutes mes découvertes. Je mets des fringues dans mon sac sans savoir ce que je vais devenir, si je vais faire de chaque rencontre un grand caprice, si je vais pouvoir vivre encore longtemps comme ça, dans la jalousie et, parfois, le dégoût de l'autre.

Martin et mon père chuchotent dans la cuisine. La valise de mon père est posée sur la table. Je pense au collège, le collège lui a fait part de quelque chose, peut-être que mon affaire est la cause de cette valise. La gorge me serre. Elle m'indique de ne pas réfléchir, d'éviter cette valise, la mine songeuse de Martin, la phrase de mon père, sa phrase un peu sourde, fuir tout ça, aller courir dans les terrains vagues, s'inventer des mondes et même un nouvel amour. Mais le visage fatigué de mon père, son phrasé lent : « Je pars quelques jours, Henry. »

« Tu pars où ? » Je pose la question en même temps que la réponse s'impose à moi. Qu'est-ce que tu as ? Qu'est-ce qui se passe ? Ce n'est pas grand-chose, Henry, une tache au poumon, c'est bénin, totalement bénin, il faut juste qu'on l'enlève, c'est l'affaire de quelques jours.

Un dentiste ne peut pas être malade, un dentiste soigne. Un dentiste n'est jamais malade, je veux tout savoir. Je veux du rationnel et de l'exactitude. La taille d'une pièce de dix centimes, il explique. Une pièce de dix centimes, la taille me rassure. C'est petit, une pièce de dix centimes, inoffensif, ça ne compte pas, une pièce de dix centimes, c'est dérisoire. Et c'est bénin, papa ? Tu es sûr que c'est bénin ? Alors qu'on laisse tranquille cette pièce de dix centimes, qu'on ne fasse pas de bruit, surtout pas de bruit, surtout ne pas le déranger, cette petite pièce, qu'on ne t'ouvre pas, qu'on évite l'anesthésie générale, je ne veux pas que tu t'endormes à ce point. Pourquoi maintenant ? Pourquoi si tard une première opération, pourquoi ? Reste, défais ta valise.

« Il faut qu'on enlève ce morceau, Henry, qu'on l'analyse pour voir.

— Pour voir quoi ?

— Pour voir s'il n'y a rien ailleurs. On le saura quelque temps après l'opération. »

Je suis froid. Un grand froid. Mon père s'en va dormir. Je reste avec Martin longtemps à boire des bières et à fumer des cigarettes. Plus tard, j'appelle Mathilde, j'explique calmement les choses. Elle est compréhensive et douce, nous parlons sans petits massacres. Elle m'accompagne jusque tard au téléphone. Notre histoire respire un peu.

Dans mon lit, jusqu'à l'aube, j'ai entendu mon père faire fonctionner ses trains électriques.

J'ai bien aimé ce bruit.

17

Des rêves de blouses blanches, d'agonies, de disparitions, la mort gagne déjà, elle m'isole à force d'images.

Mon père se dirige seul jusqu'à sa voiture, valise à la main, marche un peu et respire l'air du pré d'en face. Il prend son temps. Martin et moi, on regarde cette fragile liberté. L'opération du lendemain, personne n'ose mettre des mots dessus.

Mon frère propose de m'accompagner à la gare pour rejoindre Mathilde à Paris. Je réplique direct, un peu guerrier Pas question, Martin, on reste ici, on ne bouge pas, *on ne se quitte pas*. Dire autre chose m'est impossible, comme déglutir, comme respirer complètement.

Martin est allé se raser. Il est passé dans son mobile home chercher de l'herbe, de l'alcool et quelques fringues. Il a dit : « Je vais dormir à la maison en attendant que les choses s'arrangent. » Je savais ce que ça signifiait pour lui. Dans le salon, il s'est fumé deux joints avant de pouvoir parler de Jeanne. Raconter, une fois de plus.

« Henry, la lâcheté, pas la petite, pas celle de tous les jours, la haute, celle qui consiste à ne pas partir, à s'éloigner d'abord sans qu'elle s'en aperçoive, la perdre à pas feutrés, comme un chat, un coup dans le dos, tranquille, ne rien dire, sourire en silence, la tromper d'abord, baiser tant qu'on peut pour moins souffrir et lorsque ça ne suffit plus, tomber amoureux, je suis capable de ça, d'aller dans ces endroits-là, tomber amoureux pour quitter quelqu'un sans souffrir. Après, tu laisses lentement crever l'affaire. Jeanne ne demandait rien d'autre que de construire. Elle est au bout de l'hameçon, elle s'agite, elle ne comprend pas, elle t'écrit qu'elle ne comprend pas, tu la regardes s'agiter, se battre, tu sais déjà comment l'histoire va se terminer. Au téléphone ? Par lettre ? Face à face ? Rien du tout, la lâcheté, n'oublie pas Henry, ne jamais regarder avec négligence cette invention, la lâcheté. On ne dit rien. On attend, tapi dans l'ombre, qu'elle n'en puisse plus, qu'elle fasse la faute, on joue comme les rats, en fond de court, on sirote calmement un adultère en attendant que, de rage, elle mette la balle dans le filet, qu'elle hurle, qu'elle te menace avec un couteau dans une cuisine, qu'elle te dise Puisque c'est ça l'enfant je vais le garder, et encore, Henry, on ne part tout de suite, on savoure la nuit à côté d'elle, on perçoit ses pleurs à quelques centimètres, on s'en gargarise, le matin arrive, femme courage se lève, la coiffure iroquoise, le slip de travers, la gueule sublime malgré ça, mais la gueule d'une boxeuse qui commence à ne plus supporter les coups. Tu respires de nouveau dès qu'elle se lève, tu entends la douche, les talons qui claquent, cette manière qui te fait pleurer maintenant, de ranger tout l'appartement avant de partir, comme si ça pouvait changer quelque chose. La porte qui se referme. La porte enfin. Tu t'étires dans le lit. Tu supposes qu'elle va mourir au travail tellement elle a peu dormi alors tu bâilles et tu pousses le vice jusqu'à ne pas partir tout de suite. Tu savoures ta solitude, à quel prix, ta solitude, mais tu la dégustes, malin, tu piges enfin la définition du “Malin”, tu prends tout le lit maintenant, tu n'es plus séquestré de ton côté par la petite guerre, tu t'installes, tu prends toute la place, tu te branles, tu dors quelques heures, tu te reposes, ça ne marche pas, un Lexomil, deux peut-être, alors seulement, à l'instant du réveil, tu réalises ce que tu es, mais pas longtemps, le temps d'une douche, et puis tu fais semblant de réfléchir, tu réfléchis à ce qui t'arrange, tu te dis On ne peut même plus parler ensemble, on ne peut plus continuer comme ça, il faut partir sans un mot puisqu'elle ne s'en va pas, puisqu'elle ne comprend pas. Alors tu te déguises en pauvre aventurier, tu fais tes affaires. Oh ! les bars de ces instants-là, la petite sensation d'euphorie, petite sensation, savoure, achète, bientôt tu ne vaudras plus rien. Tu fais ton bagage, à ton tour tu claques la porte. Tu te transformes en silence. Elle, le soir, elle écrit pour comprendre, elle tourne en rond, elle réfléchit, pire, elle espère, ça te flatte, qu'elle espère. Bien sûr tu veux la quitter, mais pas complètement, on ne sait jamais. Ainsi, le respect, l'autre, tu ne connais pas, ni par écrit, ni autrement, tu n'as osé lui dire : Je ne t'aime plus. Jamais tu n'auras eu cette honnêteté, ce minimum-là. En lieu et place, tu la laisses dans la pire espérance qui soit, l'espérance qui dure, qui enlise jusqu'au cou. Je ne t'aime plus, impossible à dire pour quelqu'un qui crève tant d'être aimé. Du coup, tu ne te fais pas mal, tu ne dis rien des choses qui déracinent. Tu la laisses se déraciner toute seule, Henry, extraire l'amour qu'elle te porte toute seule, sans personne. Elle, masquant par fierté la douleur à ses proches, se retire la flèche comme un Indien. Un sale western, l'amour, Henry, un western où l'espoir perd à la fin. »

Martin s'allonge sur le canapé, il tremble beaucoup avant de s'endormir. Je l'ai veillé pas mal de temps comme ça, d'abord seul, puis avec Hortense. En apprenant pour mon père, elle a voulu rester, être utile, faire à manger, éviter sa famille pour un soir. Le corps de Martin s'est éveillé, le visage d'Hortense au-dessus de lui, visage attentionné, enfant séduite par la racaille et les mauvais coups. J'ai regardé les deux extrêmes se parler, l'ange et le pourri, l'ange attiré par le pourri, le pourri sachant qu'au bout du voyage, l'ange doit avoir raison. Nous sommes restés dans le salon sans bouger jusqu'au soir. À boire et à fumer. Ensuite, je suis allé chercher le téléphone. D'abord Martin a dit quelques mots à mon père pour l'opération. Des mots simples, des mots du quotidien, de courage et de réconfort. Après, il a fallu que je parle aussi. Il était trop tard pour inventer, la maladie était là, comme partout, comme à chaque fois, je sais ce qu'elle signifie, qu'on ne peut plus s'endormir sans un gouffre à ses côtés, elle signifie que dans nos veines, dans chacun de nos gestes, la mort existe, qu'elle ne nous quittera plus. J'ai dit à mon père que Martin et moi, on était là, à penser, à être avec lui, à être robuste, que rien ne nous faisait peur, alors, qu'il se devait d'être déterminé, lui aussi. Autant que nous l'étions.

La nuit s'est déroulée sur le tapis, nos trois corps sous une couverture, Hortense au milieu, j'explorais sa nuque, son dos brûlant, ses petites fesses collant à son jean, elle découvrait la bouche de Martin. Nous l'avons déshabillée tous les deux, son corps frémissant, son corps fragile qui reculait devant le mal pour aussitôt revenir vers lui, vers le sale désir. Je me suis arrêté, j'ai laissé faire Martin, les mains crispées d'Hortense contre son dos, la méchanceté de Martin qui se diluait, petit à petit, dans la première fois d'Hortense.

18

Mathilde épluche une poire. Je comptabilise les minutes, j'observe en scientifique. Elle commence à déglutir, je suis un téléobjectif capable de préciser qu'elle s'en met sur les doigts sans réussir à rattraper le jus qui coule sous son menton. Hier soir, elle est sortie. Je lui demande, en passant, quelques informations sur la fête. Extra, elle répond, naïve totale, Je me suis couchée tard, on a terminé dans un concert donné au Jardin des Plantes. Très bien. Tu laisses reposer maintenant, tu savoures le lourd silence qui s'installe, tu prends ton temps, il faut que l'injustice gonfle en toi, qu'elle te prépare au combat de rue.

« Pourquoi tu ne dis rien ?

— Parce que je suis heureux.

— Tu n'as pas l'air.

— Pourtant je suis heureux.

— …

— Je suis heureux parce que je vis ma première histoire d'amour.

— …

— Mathilde, tu es bien placée pour savoir que la première histoire d'amour est la seule qui vaille.

— Arrête, Henry. »

On n'arrête pas un train à pleine vitesse chargé de venin, le train déroule ses trouvailles, déchiquette tout ce qui passe, s'offre des coups infâmes. Mais dix ans d'amour, Mathilde, comment peut-on lutter contre dix ans d'amour ? Et puis, l'enfant que vous avez failli avoir.

Mathilde ouvre de grands yeux face au prince charmant métamorphosé en porc absolu. Elle pige que tu as fouillé dans ses lettres et ses douloureux souvenirs, elle pige qu'en charognard, tu as appris pour son avortement et sa dépression, tu l'as compris aux tentatives de réconfort des lettres de Pascal. Alors, calmement, presque désolée, elle te propose de rentrer chez toi. Tu es ravi, tu n'attendais que ça, Mais parfait Mathilde, je rentre chez moi, c'est le moment, c'est la joie à la maison, enfin, à l'hôpital, mais peut-être que c'est dans ta nature, Mathilde, de te débarrasser des gens dans ces moments-là, tout en disant ça tu fais ton sac, tu mimes le type prêt à mourir sur place plutôt que de rester une seconde de plus, tu t'approches de la porte, tu sais qu'une fois ouverte, cette porte va prendre la claque de sa vie, et puis, alors que tu n'as rien fait encore, que tu es à peine dans le couloir, tu perçois des pleurs de chat qui viennent de la salle de bains. Alors, ton cœur s'effondre. Mathilde est sur le rebord de la baignoire, les doigts crispés sur le visage, elle sanglote, Tu me rends folle, tu vas me rendre malade, Henry, malade, c'est ça que tu veux, me rendre malade, on ne peut pas s'aimer simplement ? Pourquoi es-tu si haineux ? Pourquoi ?

Pourquoi suis-je si haineux ?

Comment répondre à cette simple question.

Le bitume devant l'entrée de l'hôpital est jonché de mégots de cigarettes. Mon père est en salle de réveil.

Il faut attendre. Martin sort un cachet de sa petite boîte, il m'en propose un, il dit que ça ira mieux après. Je prends mon premier cachet. Pas très loin, une pauvre femme, des cheveux gris mal peignés, perdue dans son imperméable, supplie une infirmière, On travaille depuis l'âge de seize ans, mon mari et moi, on vient juste de s'acheter un pavillon, on commençait à se dire qu'on allait pouvoir vivre un peu, Madame, Je veux voir mon mari, c'est tout, s'il vous plaît, je veux juste le voir un peu, je ne comprends pas, je ne comprends pas, il sifflotait ce matin, il allait bricoler en sifflotant, alors, ça ne peut pas être si grave, dites-moi, Madame, dites-moi ce qu'on a fait pour mériter ça ?

En levant la tête, je vois ma mère débarquer dans le cauchemar. Souriante. Tailleur bleu ciel craquant, maquillée comme pour l'amour, elle surfe sur les détresses de la salle d'attente jusqu'à nous, annonce qu'elle est passée par la forêt de Chantilly et que c'est assez ravissant. Ma mère aurait cartonné dans la fontaine de la Dolce Vita. Beaucoup plus tard, une infirmière nous réconforte. Papa est ok, on peut aller le voir mais pas longtemps et un par un. Il y a du monde devant l'ascenseur aussi je bouffe les escaliers quatre à quatre. La chambre, un gros silence, des tuyaux partout, un papa fragile, encore plus maigre que d'habitude, un père ouvert de partout, avec une poire pour s'envoyer des calmants dans les bronches au cas où ça tire de trop. Je m'approche, j'ose à peine respirer, j'ai peur que ça le fasse voler en éclats, je prends sa main. Mon père n'est pas au mieux, encore sous le choc, on se regarde, je souris, disons que je fais le maximum pour sourire mais que ça monte dans les yeux à une vitesse pas possible. Alors je ne dis rien du tout et ça coule, ça n'arrête pas de couler et je souris en même temps pour faire bonne figure. Il me demande si maman est là. Je fais oui de la tête.

« Je préfère qu'elle ne vienne pas, Henry, je suis pas beau, pas présentable. »

Alors le nez me pique et ça recommence, Comme tu voudras, je ferais comme tu voudras, mais tu es beau, je te jure, crois-moi, je te jure que tu es beau.

« André, je vous présente André. »

André prend la peine de sortir de sa berline et de se donner le visage d'un type pas trop con.

« André nous invite à la Maison-Blanche pour fêter le bon déroulement de l'opération », déclare ma mère.

Je regarde Martin derrière moi, totalement défoncé. Maman réalise qu'elle a pavoisé sans vraiment faire les choses dans la norme. Du coup, elle déclare : « Henry, je te présente André ».

Je serre la main à cet homme qui va baiser ma mère ce soir alors qu'en face, un type dans une chambre d'hôpital fait le maximum pour se persuader que rester en vie n'est pas une si vilaine idée. Le pire, c'est que je vais encore une fois mettre le paquet pour plaire à un inconnu, quelle merde je fais, parfois, quel déchet de séducteur acharné. Maman présente ensuite Martin, lequel met un certain temps à réagir avant de se rapprocher d'André et de l'enfermer dans ses bras. Au début, Maman trouve ça très drôle, mais en constatant que Martin ne lâche pas prise, elle commence à dégriser. Martin, lui, ne dégrise pas, il embrasse André, sur le front en déclamant, Gloire à toi, André, Gloire à toi. L'instant s'étire, personne n'arrive à piger le degré de défonce sur lequel évolue Martin.

Ambiance morne à la Maison-Blanche mais surprise avant le départ. La comédienne, le mage des Tréteaux de France, entre pour dîner avec un type visiblement très à l'aise. J'explique l'affaire en détail à Martin, Je vais me lever et lui dire qui je suis. Mais Martin me propose autre chose. Ainsi, sur son plat du jour à base de poulet aux épices, Hélène trouve une enveloppe et un mot qui raconte à peu près ça: *Après mon cœur, voici ma cuisse. Musset(s).*

Longtemps, du premier étage, Martin et moi avons regardé le visage d'Hélène. Ses yeux d'enfant cherchaient l'inconnu idéal à toutes les tables.

À la Maison-Blanche comme ailleurs, ce genre de type n'existe pas.

Dans la voiture, André conduit et ne parle pas. L'autoroute déroule son fleuve de lumières rouges et blanches, Martin est à l'arrière, replié sur lui-même, sur le passé, sur la brûlure d'avoir ouvert un jour les yeux.

À l'époque, quand on le voyait aux côtés de Jeanne, il ressemblait à un type en pleine forme, a priori satisfait de ses compartiments amoureux, convaincu de pouvoir rouler l'humanité tout entière. Maintenant, il regarde la route en se demandant comment les voitures font pour avancer après son propre désastre. Soudain, la route cesse son flux continu, comme si la route avait entendu Martin, les warnings s'allument par centaines, les pare-chocs explosent, des cris de femmes et d'enfants s'élèvent, notre bagnole freine à n'en plus finir et trouve un sursis sur la bande d'arrêt d'urgence, ma mère, gamine à barrette effrayée, répète que tout le monde va bien, oui, tout le monde va bien, déranger son univers est décidément la pire des horreurs qu'on puisse lui faire. André-le-silencieux se matérialise d'un seul coup, ordonne à tous de sortir, d'enjamber la rambarde et de filer dans le champ parce qu'un deuxième carambolage est possible et nous voilà tous les quatre à regarder les crânes ouverts et les respirations brisées et Martin s'avance de nouveau vers l'autoroute et ma mère hurle et Martin sourit et moi je comprends, j'accompagne du regard Martin, je sais très bien ce que signifie pour lui cette voiture en flammes qui risque d'exploser, cette femme qui hurle parce que son mari est inconscient à l'intérieur, et Martin qui s'approche, presque hilare, et le feu sur sa chemise et Martin qui tire sur la ceinture de sécurité afin qu'elle cède, Martin qui sort l'homme parce que la mort est impossible, parce qu'elle existe trop, parce qu'il faut s'en extraire un jour ou l'autre, et André qui s'empare d'une couverture et entre dans la bagarre et ma mère qui hurle encore plus et André qui jette la couverture sur les épaules brûlantes de Martin, André qui l'aide à tirer l'homme sur quelques mètres jusqu'à l'explosion qui les projette tous les trois sur le goudron. Et mon frère et André qui se relèvent, qui épaulent l'homme, et ma mère qui se précipite dans les bras d'André. Et Martin, avec le visage de quelqu'un d'autre, qui tend ses muscles et porte l'homme, Martin avec les épaules écorchées, debout et seul, Martin qui marche en revivant chaque seconde jusqu'à la femme, la grande femme, Martin qui relève la tête, qui savoure, qui dépose l'homme aux pieds de sa femme, qui reste accroupie jusqu'à l'instant où l'homme ouvre les yeux, et Martin qui ne repart pas tout de suite, qui reste là, debout, à observer le ciel rouge, les flammes et les ambulances.

Il a vidé son mobile home. Maintenant, il arpente les pièces de la maison. En allant me coucher, je croise ses yeux de combattant, les yeux de quelqu'un qu'il ne faut plus déranger. Avant de m'endormir, je pense à André, que j'aime bien et que je n'aime pas. Je pourrais devenir André un jour ou l'autre, peut-être un matin, je pourrais perdre et divorcer, et renaître aussi, et retomber amoureux d'une fille à la coiffure impeccable et me taper le résultat des échecs de cette fille, ses deux enfants pour un soir, un carambolage, je pourrais accepter ça sans forcément me vomir dessus. Voilà. Je réalise que je n'ai plus envie de juger. Je me recroqueville dans mon lit avec tout ce qui va m'attendre si les choses continuent. J'ai froid.

Au Café des Voyageurs, Martin regarde le flot continu des salariés vers le train pour Paris.

« Il faut que j'y retourne, Henry, il faut que je retourne dans cette ville. »

Du fond d'une poche, il sort son téléphone portable, son fameux téléphone portable, sa deuxième vie, il le rallume en tremblant, écoute ses vingt derniers messages, roule de grands yeux parfois, grimace de temps en temps. Il écrase le filtre de sa cigarette dans le cendrier comme pour réfléchir à une vérité qu'il connaît déjà, puis règle les consommations.

Je l'accompagne jusqu'en première classe, il pose son sac sur la longue étagère du compartiment.

Je dis, Ça va aller ? Il fronce les sourcils pour appuyer son Oui, puis il ajoute, Je vais dormir à l'hôtel d'abord, après je verrai bien.

Je remonte l'avenue jusqu'au collège, je vais attendre la fin du cours de Mathilde et revenir avec elle, je vais être tendre et supportable, je trouve que c'est la moindre des choses, que les gens qu'on aime méritent un minimum.

19

J'ai tenu le coup jusqu'à ce prénom, toute la soirée impeccable, à donner ce que je n'ai pas, la tolérance sur son passé, sur le détail de ses virées nocturnes et la phrase en plein dîner l'air de rien : « Pascal donne une fête ce soir pour son doctorat. »

Nous avons pris la voiture.

Je suis dans une cuisine. À côté, Mathilde rigole, Mathilde connaît la terre entière et la terre entière connaît Mathilde. Je cherche dans un placard du sucre pour le diluer dans un verre de vodka, il faut que je boive, que les choses se calment. J'ouvre le frigo de cette cuisine sale. L'âge des hommes et la profession des femmes rongent mon organisme, le rire de Mathilde à côté me rend fou, il faut que je trouve quelque chose à boire mais je ne vois qu'une bouteille de whisky, je retiens ma respiration, comme pour un médicament, je pense à l'Amérique, j'en avale une bonne moitié. L'estomac fraternise avec cette nouvelle chaleur qui se propage sur mon visage. Je prends une chaise. C'est mieux. La cuisine se fait acceptable. Pascal passe chercher du champagne, je le regarde sans haine, il s'affaire en quête de gobelets et, sans me regarder, il demande si tout va bien. Je déchiffre mon concurrent. Il se maintient, à peine trop de peau sous le menton, comment font les gens pour vivre aussi vieux ? Il répète sa question, je réponds, Magnifique Pascal, magnifique soirée et toutes mes félicitations pour ton doctorat. Il arrête ses manœuvres, laisse un silence, mon visage prend le temps de dériver vers la bouteille.

« C'est mon rêve, à moi aussi, plus tard, d'avoir un doctorat », dis-je en m'écroulant à moitié.

Il s'approche, chope une cigarette dans mon paquet, me regarde, l'allume et embarque sa bouteille avec les gobelets. Sa maîtrise est impressionnante. Je reprends une gorgée de whisky, je suis loin, je pense à mes rêves, il faudrait leur donner une consistance, un début de silhouette, puis je réalise que tout ça ne sert à rien, que les rêves ne sont pas forcément là pour être réalisés, que ce sont eux qui décident de tout.

Mathilde fait l'infirmière dans sa salle de bains. Elle prend soin de la première cuite d'un garçon lamentable. Cuvette, aspirine, patience, main sur le front, visage fatigué, le pantalon de survêtement qu'elle me donne, et moi qui lui raconte la terre entière, Martin qui va s'en sortir et Paris insupportable, Paris que j'aimerais réduire à son studio, à ce lit, à ce regard bienveillant sous lequel je m'endors enfin.

20

Assis sur son lit d'hôpital, trois chemises propres à ses côtés dans un sac en plastique, allez savoir ce que regarde mon père par la fenêtre. Il ne semble pas voir les travaux sur le parking d'en face, c'est sa femme qu'il voit, sa femme déjà loin, touchée le matin par un homme sans visage, mon père a trouvé plus triste que de ne pas sortir d'un hôpital, en sortir sans savoir pourquoi.

Je me décide à entrer. Mais une main se pose sur mon épaule. Une main de pioche et de nuit. Le voisin est derrière nous, un peu de barbe, des dents sombres, il nous salue dans le couloir, bien décidé à nous expliquer en quoi consiste l'avenir, je traîne, il nous regarde avec Mathilde sans vraiment nous voir. Le voisin est un homme peu doué pour la conversation. Mon père lui a téléphoné pour qu'il le reconduise à la maison. Et ses mots viennent sans forcer, presque aussi calmement que ceux plus tard de mon père sur son lit.

Mon père qui salue Mathilde d'un hochement de tête, confirme qu'il ne veut pas de notre voiture et s'embarque dans le monologue le plus long de sa carrière.

On est à côté des malades et des aides-soignantes, avec un homme en pleine addition :

« Alors je vais laisser ta mère tranquille et mon travail aussi. En fait, je n'aime pas la douleur ni les dents malades, je préfère le bruit des trains. En rentrant chez moi, je vais faire partir mes trains pour la montagne, ta mère n'aimait pas tellement la montagne, voilà, je vais découvrir la montagne en train. Et les sommets sans bouger. Les sommets pour de vrai. Je vais prendre des trains jusqu'en haut des montagnes. J'irai faire des randonnées, sourire les pieds dans la neige. »

Il se retourne vers le voisin et ajoute :

« C'est mon nouvel ami qui m'accompagne. »

Au fond d'une brasserie, avec Mathilde, à quelques mètres de l'hôpital. Nous buvons du vin autant l'un que l'autre. Encore maintenant, ces heures me reviennent, son visage à ce moment-là, cette table en arrière-salle, cachée des autres, l'après-midi qui s'étire dans l'alcool et l'alcool qui entraîne les cigarettes et le passé de ceux qu'on aime. Je l'écoute sans une oreille de flic, sans cette soif de contrôler quoi que ce soit, on fait corps avec la fille qu'on adore, ivres tous les deux, on accompagne les jours passés, Mathilde aux yeux brillants, à l'implantation des cheveux un peu plus dense sur le dessus du crâne, Mathilde qui raconte sans avoir peur la grande histoire, j'écoute l'appartement du type à la dérive, les passages de Mathilde chez lui, l'énorme sac poubelle qu'elle prenait pour tout jeter, les assiettes avec le reste, tant le laisser-aller avait duré, j'écoute son grand-père, prince des vignobles du Sud-Ouest, irascible au grand cœur, j'écoute le matin de sa crémation, Mathilde, dix-huit ans, en train de mélanger ses cendres à la terre d'une famille. Mathilde, genoux sur les graviers, mains pleines de boue, me racontant ça par amour, mieux, à cette heure particulière, dans cette brasserie anonyme, par amitié.

21

Je reconnais son excitation, ses mots trop forts, ses phrases qui n'ont pas le temps de se terminer. Je reconnais les cachets sur le rebord du lavabo, sa petite boîte à drogues sur la table basse de l'hôtel, son haleine de menthe pour masquer l'alcool, je reconnais sa forme des mauvais jours, l'euphorie, au point d'acheter une chemise de grande marque pour, éventuellement, contacter Jeanne par téléphone. Dans le crâne de Martin, plus de restriction, des évidences comme au poker, des risques de défoncé.

« Henry, je vais te dire Henry, j'ai besoin de toi, c'est simple, reste sur ta chaise et tu vas comprendre. Bon, qu'est-ce que tu crois, que je vais laisser partir Jeanne comme ça, maintenant que j'ai retrouvé Paris, rien du tout, trouve quelqu'un d'autre pour baisser la tête, je vais taper fort, c'est obligatoire. Quoi faire ? L'inviter à dîner ? Lui offrir un verre ? Hors de question. Une fête Henry, tu vois, une fête surprise dans un bel endroit, un événement grandiose avec sa famille et tous ceux qu'elle aime, une demande en mariage même, une demande en mariage dans un bel endroit, une réconciliation avec des photos de son enfance aux murs et des écrans d'où jaillissent les images de nos quelques jours à Shangaï au temps des débuts, avec des cadeaux en pagaille Henry, des cadeaux en pagaille, des bottes et des colliers. Martin est de retour, je vois d'ici la fête-surprise, les cartons numérotés, “Chut, Jeanne est au Cabaret...”, tu vois, trois points de suspensions, ça c'est un slogan, un titre. Discret et accrocheur. Pour le reste, tu dois m'aider, seul, je ne pourrais appeler personne, ils ont tous quelque chose à me reprocher, un détail, un oubli, chacun leur version. Eh, Henry, je te parle, cesse de regarder les cachets sur la table, c'est pour dormir, juste pour dormir, je ne peux pas vivre sans ces médicaments, même mort de fatigue, il y a du passé qui remonte, un monstre de mélancolie, je ne suis plus en paix, Henry. Jamais. Dans le quartier, si j'aperçois une fille avec une robe que Jeanne aurait pu porter, ça me fait trois nuits blanches, si je reste dans mon lit jusqu'au journal du matin, les pires souvenirs deviennent les meilleurs, et inversement. Les premiers jours à prendre le thé avec les mains qui tremblent, à envoyer des livres pour me faire aimer juste un peu, les derniers jours aussi, les minutes qui s'allongent au téléphone et je ne te parle pas de la musique Henry, comment un CD peut devenir un objet dangereux, je l'aime Henry, je l'aime parce que dans la rue, j'ai peur de la croiser ».

J'allume une cigarette. Je ne peux rien faire d'autre. Mon frère est trop loin pour qu'on le rattrape. Personne pour oser lui dire que Jeanne est dans une autre vie, un autre amour, plus fort que l'ancien, sinon pourquoi vivre, personne pour réveiller Martin, lui apprendre que son enfant est aujourd'hui celle d'un autre couple, une môme qu'il peut espérer voir quelques week-ends par an avec l'aide miraculeuse d'un avocat assez génial.

Il cale le poste sur MTV. Entre ses doigts, le ticket de cinéma, prise du déménagement, espoir matériel dans une main moite, quelque chose, enfin, d'un peu crédible.

22

Les intuitions que procure la jalousie, peut-être des chercheurs s'attarderont là-dessus, il faudra leur léguer ma cervelle pour expertise, ils s'amuseront des heures. Je suis dans la voiture avec Mathilde, coincés sur les quais de Seine, nous rentrons du collège, Mathilde est fatiguée, Mathilde parle peu, elle écoute France-Culture et songe au bain qu'elle va prendre. Je regarde Paris, l'autre rive, et puis, pour la divertir, mais vraiment juste pour la divertir, je fais une remarque sur les motifs moyens des housses de sa voiture.

« C'est ma mère, elle dit.

— C'est pas ton genre de laisser faire des erreurs comme ça à ta mère, je rétorque.

— Ma mère n'avait pas le choix. »

Le chasseur sent l'animal fébrile. Il faudrait terminer là-dessus, se taire absolument. Alors tu en demandes davantage. Elle allume une cigarette pour te répondre.

« À la place où tu es assis, un soir, quelqu'un a voulu jeter son mégot par la fenêtre, le mégot est retombé dans la voiture, on s'en est aperçu beaucoup trop tard, résultat : un trou énorme.

— Pourquoi tu dis "quelqu'un" ?

— Parce que si je dis qui c'est tu vas t'énerver.

— Non.

— J'ai pas envie d'une dispute.

— C'était qui ?

— … »

Pascal, je suis assis à la même place que Pascal qui a marqué son siège d'un trou de cigarette, je baise dans le même vagin que Pascal, je suis un type de seize ans, qui, déjà, termine les plats. « Qu'est-ce qui se passe Henry, pourquoi tu ne dis rien ? Henry, est-ce que tu vas me dire quelque chose ? »

Alors je dis quelque chose, je vomis même de l'ignoble comme jamais et pire encore, et des méchancetés qui en entraînent d'autres, et d'autres qui se montent la tête toutes seules et qu'on n'arrête plus une fois lancées. Mathilde cale la voiture sur le premier trottoir, ouvre ma portière.

« Tu t'excuses ou tu t'en vas. »

Je marche longtemps, jusqu'à Saint-Lazare, je commande des bières avec ce qu'il me reste d'argent, je laisse mon portable allumé au cas où elle appelle. À 23 h 57, le dernier train pour Vernon. Je n'ai plus rien pour un taxi, j'essaye un peu le stop qui ne marche pas, je remonte jusqu'au collège, je m'assois sur le banc en face du parking. À 6 heures, le café ouvre, j'essaye d'écrire une lettre, de nombreuses fois, sans y parvenir, je manque de sommeil et de sentiments.

Je me lève, demande une cigarette au serveur, et retrouve ma chaise. Je fais durer un peu la cigarette en la tapotant sur la table, et puis, lorsque les questions s'effacent, je l'allume comme on retrouve une très vieille amie.

Celui qui déjeune dans un réfectoire connaît le goût de la taule, les relents de la quantité, les pâtes par kilos, les montagnes de carottes râpées. Prendre un plateau, attendre que le million d'êtres humains qui sort du cours d'éducation physique passe avant toi, c'est la démocratie, tu manges à 11 h 30 parce que ton cours de français est annulé, parce que Mathilde Arthaud est absente jusqu'à nouvel ordre. Tu as lu son nom sur le tableau d'information, Mathilde de nouveau inabordable et parfaite. Tu passes les entrées sans faim, tu chopes un plat pour faire bonne figure et tu te caches dans un coin, seul parce que Patrick s'est juré de ne jamais mettre les pieds dans cette salle sans vie. Tu touches à peine à ta cuisse de poulet, tu te demandes comment tenir jusqu'au deuxième service et pendant les trimestres qui vont suivre, mais Patrick surgit, l'œil fier, démarche de pied nickelé, il sort de son sac une grande bouteille de champagne, la plèbe se retourne vers lui tellement l'homme libre est beau face à l'interdiction, et le prince débouche son magnum.

« Notre professeur de littérature et d'amour ayant déclaré forfait, j'ai pensé qu'un peu d'alcool te ferait du bien », il jette l'eau de mon verre sur la fenêtre fermée, me sert avec générosité et trinque en buvant au goulot. Les surveillants s'approchent et Patrick me ressert, de plus en plus vite, il m'ordonne de boire et de boire encore, et même lorsqu'ils sont face à nous on boit toujours, jusqu'à ce qu'ils nous retirent la bouteille de force. Le couloir qui mène au conseil de discipline n'est qu'une formalité, un chemin plus agréable à faire en titubant. Pourtant, mes lèvres tremblent. Patrick me lance un clin d'œil pour que je tienne le coup.

Patrick est mort à vingt-six ans.

23

Jeanne ne comprend pas ce rendez-vous face à la Comédie Française. Les gens qui attendent devant le théâtre lui donnent envie d'y entrer avec eux. Mon coup monté se transforme en une impasse dont elle cherche l'issue. Je veux oublier Martin, elle répète, je veux consacrer le temps qu'il me reste à quelqu'un qui ne détruise pas tout.

Elle est belle dans le froid. Une dame en fourrure nous bouscule, la foule étire les mètres entre elle et moi, je pense à mon frère, je cours jusqu'à l'entrée du métro, j'attrape son poignet fin. Il lui faut une dernière chance, Jeanne, vendredi soir, retrouvons-nous, ensuite, je te laisse.

Elle me regarde. Ses mains gantées entourent mon visage. Elle m'embrasse sur les lèvres. Un baiser rapide et sec. Elle dit, C'est incroyable ce que tu lui ressembles.

Accoudé au comptoir de la boîte de nuit, Martin observe le barman. Facilité d'organisation, amour du cocktail bien fait, univers simple et maîtrise des mélanges. Mon frère est nerveux avant son premier verre. Et puis les choses se calment, Martin repart sur les hommes en général, Des marins sans courage, toujours à sauter d'une barque à l'autre pour éviter les drames. Jeanne était ma femme numéro sept, tu réalises, Henry, six femmes avant, six femmes sérieuses dont trois vies communes, tu réalises, ça ? Il termine son whisky en une gorgée, C'est avec les sucriers que tu réalises ça, Henry. Elles ne laissent jamais les sucres dans le carton, elles trouvent toujours une petite boîte, un bol en verre, n'importe quoi, pourvu que ça fasse joli comme présentation. Le soir où tu les quittes, elles se mettent à pleurer. Des petites filles, Henry. Des petites filles qui méritent autre chose que ça.

Martin aperçoit le propriétaire de la discothèque, un type aux joues calcinées pour paraître en forme, un type qui a vu défiler des milliards de nuits sur tout son corps. Martin lui montre les amis de Jeanne. Ils sont au nombre de trois, au fond de la salle, ils parlent à voix basse et ont refusé de laisser leur manteau au vestiaire. Je tâche, à côté du disc-jockey, de choisir une belle musique pour l'arrivée de Jeanne. C'est délicat. Les titres beaux sont tristes et les titres joyeux ne sont pas très beaux.

À l'heure prévue, je me place sur le trottoir d'en face pour guetter Jeanne dans la nuit. J'ai mal au ventre. Je me persuade que c'est bon signe, je me dis, Henry, c'est bon signe que tu aies mal au ventre, plus tu auras mal au ventre, plus tu souffriras, et plus tu souffres, plus il existe une chance que Jeanne arrive. Ses trois amis sortent sans un regard pour moi. Les autres aussi sortent peu à peu, les connaissances de Martin qui campaient près du bar titubent à présent dans la rue et semblent déjà prévoir les fêtes à venir. Je redescends dans la boîte. Les ballons, toujours aussi nombreux, se cramponnent en haut des moulures. Martin, seul, est allongé sur une banquette. Le patron le secoue pour être payé. Le son de la musique est bas, les compacts sont déjà rangés dans les classeurs. Martin sort son chéquier. Le type dit Je préfère du liquide. Martin se dirige vers un distributeur. Je veux l'accompagner mais le type dit Je préfère qu'il reste là. Une fois dehors, je tiens mon frère par le bras.

« On marche doucement, dit-il, on marche tout doucement jusqu'à la voiture parce qu'on ne sait jamais. »

24

Obligation de mettre une chemise. Mon père a voulu ça, On accepte l'invitation tous les trois, il faut leur montrer, on se doit d'être à la hauteur. En voyant la grande maison mon père déclare qu'il n'aimerait pas être à la place du chauffage. On approuve bruyamment pour le réconforter. Ma mère reçoit pour son anniversaire. Un grand déjeuner. La famille, c'est important. Elle passe entre les invités silencieux face à tant de joie de vivre dans une si petite robe. Elle se penche parfois pour parler à mon père avec la condescendance d'une gamine pour un très vieux. André, peu à l'aise, observe de loin la torture. Les deux hommes se sont serré la main comme en pleine guerre froide. Papa refuse le vin qu'on lui propose. La dénégation est sa dernière défense. À chaque nouveau plat, il marmonne une critique histoire de tenir tête comme il peut.

Les cadeaux arrivent avec le dessert. Tout le monde y va de son bijou, de son petit châle, de son flacon de parfum. Mon père dépose son paquet sur la table. Ma mère l'ouvre et tombe sur une paire de menottes. Elle nous fixe tous les trois en grimaçant un sourire.

« Il faut les essayer », lui intime mon père, le regard brillant.

André ne bouge pas. Le déjeuner gagne en densité. Mon père passe un bracelet à son poignet et l'autre à celui de ma mère. Martin est le seul à applaudir. Elle se lève paniquée, Détache-moi tout de suite, on dirait un oiseau coincé dans une salle de séjour, Tu me fais mal, donne-moi la clé, tu es totalement ridicule.

André reste en retrait, calme. Il regarde mon père. On assiste à une nouvelle forme de fraternité.

« Je veux juste qu'on aille un peu dans le jardin, ensuite, je te détache.

— Tu n'as pas besoin de m'attacher pour ça, tu me fais honte.

— Je sais tout ça. »

André ouvre la porte vitrée du salon :

« Allez donc vous rafraîchir un peu les idées dehors. »

Une fois détachée, ma mère retrouve la voix et siffle qu'elle ne veut plus jamais revoir mon père. André baisse la tête et mon père sourit.

Ensuite, je ne vois rien d'autre, ni sa difficulté à se lever, ni les mots inquiets de Martin, ni les yeux d'André lorsqu'il salue son faible adversaire. L'univers se résume à mon cœur étriqué, à ma respiration plus rapide dès que je pense à Mathilde et à l'instinctive conscience des gouffres qui vont bien finir par me digérer. Plus tard, un matin, un geste de mon père m'est revenu, une attitude malgré lui alors qu'il marchait vers la voiture. Une façon de se mordre l'intérieur des joues afin de remplacer la douleur par une autre plus simple et plus concrète. Depuis l'enfance, les mauvais jours, je faisais la même chose, jusqu'à sentir mes dents se rejoindre à travers la chair. Au matin, je me retrouvais avec des plaies dans la bouche. Des plaies facilement cicatrisables.

25

Dans la loge du studio, la fille qui maquille Martin le couvre de compliments. Mais quelque chose rattrape Martin. Un parfum. Le parfum de la maquilleuse, un parfum que l'on retrouve parfois dans le cou d'autres femmes dont celui de Jeanne par exemple, au creux de l'épaule de Jeanne plus précisément, parce que tout s'expie et que le hasard est un truc très mal luné. La fille trouve ça sinistre de voir Martin dans un tel état à cause d'un parfum Christian Dior. Elle a choisi ce métier pour tutoyer ceux qu'on voit dans les magazines, avoir un peu la paix vis-à-vis du reste. Ceux qu'on voit dans les magazines ne peuvent pas s'écrouler à cause d'un parfum de femme. Mais le parfum de Jeanne a un effet désastreux sur le maquillage de Martin. Son fond de teint hâlé se fendille sous les larmes ce qui implique des rénovations sacrément difficiles à quelques minutes d'un plateau de télévision. La productrice arrive catastrophée. Elle dit à Martin, Parle-moi Martin. Lui rétorque qu'il veut parler moquette. La productrice, écarlate, hurle : « On ne parle pas moquette juste avant un direct, Martin, ça porte malheur. On ne parle pas moquette quand on a coulé une tranche horaire l'année passée. On positive à présent, Martin. On ne parle plus moquette.

— Imagine, les morceaux de moquette et de colle qui étaient encore sur le parquet, au début, les premiers jours de notre emménagement. Jeanne, en pantalon de jogging, accroupie sur le parquet, avec ses lunettes de bricoleuse, retirait les bouts de colle un par un, à s'en arracher les ongles, elle voulait que rien ne manque, ce sont des choses qu'on n'oublie pas, elle grattait encore et encore, pour que notre histoire soit la plus belle possible. Et puis les lunettes de Jeanne, aussi. Ces lunettes qu'elle portait le soir, lorsque le bureau l'avait trop fatiguée, pour soulager son œil droit et lire le plus tard possible. Même à la fin, je trouvais ça joli. »

Il se passe de l'eau sur le visage et, d'un sourire, engage la maquilleuse à recommencer son travail. Dix minutes après, quoique impeccablement grimé, mon frère a le visage de quelqu'un qui risque de rencontrer certaines difficultés à faire une longue carrière dans le milieu du spectacle.

26

Je colle mon front contre la vitre pendant presque tout le trajet, tandis que Martin se ronge les ongles. Le train entre en gare. Il est temps de se lever, d'aller voir un peu ce que les choses sont devenues, il faut me taire et suivre Martin, bien que je me sente trop jeune pour avoir à payer ce genre d'addition. On marche jusqu'à la maison vide. La salle de séjour est impeccable, ce qui lui file une gueule bien peu vivante. Martin ouvre les volets. L'air est doux. Le voisin n'est plus là. Des enfants crient dans le jardin d'à côté. Martin part faire les courses et j'en profite pour appeler la messagerie de Mathilde, maintenant il ne me reste que sa messagerie, je suis capable de dire au millimètre les moindres hésitations de sa phrase d'accueil.

J'ouvre la chambre de mon père.

Assis sur son lit, un oreiller contre le ventre, je regarde sa construction ferroviaire. Je prête attention à chaque locomotive, au moindre aiguillage. Je reste une bonne heure comme ça. Une discussion dans la cuisine me pousse à redescendre.

Martin, tout en préparant une salade, discute avec Hortense qui se trouve dans un coin de la cuisine, Hortense, on dirait un chat à qui l'on veut piquer quelque chose. Belle comme un garçon en manque, son désir pour Martin presque à même la peau. Je mime le type habitué à les voir ensemble et d'un air dégagé, je prends une bière dans le frigo. Je m'installe au salon, il me reste un calmant piqué dans la trousse de Martin alors, je l'avale avec ma bière. Hortense passe près de moi sans me voir, seul son début d'histoire la préoccupe. Elle se dirige vers le jardin pour que son amour respire à pleins poumons. Je me vois mal lui reprocher quoi que soit avec les yeux qu'elle fait.

J'attends que Martin débarque. Je l'arrête.

— Est-ce que tu crois que Papa peut revenir ?

— D'après les médecins, probablement pas.

Je finis ma bière cul sec et regarde Martin filer à son tour dans le jardin. Ensuite, les choses se déroulent de manière rapide, mécanique, éternelle. Le téléphone. Martin, trop loin sur la pelouse, à parler avec Hortense, moi qui décroche son portable, la voix neutre d'un interne au bout du fil, un type calme au timbre rassurant qui demande s'il peut parler à ton grand frère, tu rétorques que c'est toi, évidemment, le grand frère, quelle importance, tu regardes par la porte vitrée Martin et Hortense pendant que le médecin te définit brièvement son métier : sauver des vies au maximum et ne jamais faire souffrir inutilement.

Tu piges assez vite que seule la seconde partie de cette phrase va te concerner. Martin est à côté de notre balançoire d'enfants. Il caresse la joue d'Hortense. Le type attend une réaction de ta part. Comme elle ne vient pas, il précise qu'on va l'endormir ce soir, avec de la cortisone injectée en intraveineuse de façon progressive. Dehors, c'est incroyable comme il fait beau.

« Vous pouvez passer la nuit dans sa chambre, si vous le désirez. »

Tu remercies le type, tu raccroches. Tu vas dans le placard à apéritifs de ton père avaler quatre longues gorgées de vodka sans sucre. Au loin, Hortense prend Martin dans ses bras. Tu décides de laisser faire. Les débuts, c'est important. Tu les regardes. Martin passe sa main dans les cheveux d'Hortense. Ton père va mourir et Martin passe sa main dans les cheveux d'Hortense.

27

Mon frère se verse dans une bouteille en plastique de quoi tenir jusqu'à l'hôpital. Hortense est assise à l'avant du véhicule, elle cherche des fréquences sans chansons, des fréquences où des gens discutent sport, politique, culture, conflit israëlo-palestinien, des fréquences qui prouvent que les choses se poursuivent, même dans la difficulté. Dans le hall, sur un siège, ma mère nous attend. Entre ses mains, un roman d'amour. Pourtant, il suffit de la voir quand elle se lève, de jeter un œil sur sa démarche fragile pour décider d'en rester là.

L'ascenseur débouche sur un quatrième étage qui débouche sur l'interne de tout à l'heure au téléphone. L'homme sourit. Je découvre qu'on peut sourire sans se moquer. Il guide notre équipe jusqu'au bout d'un couloir calme qui tranche avec la vie d'à côté, le vin qu'il faut boire et les jambes chaudes de Mathilde le matin. L'interne ouvre la porte. Ma mère entre en dernier, elle appuie ses mains sur le dossier d'une chaise, reste en retrait comme pour éviter toute contagion.

Je retire mon manteau, un pull et deux écharpes. Martin ne bouge pas. Je prends un fauteuil, me rapproche de mon père, place ma main au creux de la sienne, je serre un peu. Toute la chambre se concentre sur sa respiration, on attend sans espérer, on écoute, après un long moment, le monologue calme de l'interne quant à la suite des événements et le rythme cardiaque qui va s'achever. D'un seul coup, je refuse ce cauchemar, me relève, embarque l'interne par le bras jusqu'à la salle de bains. Je chuchote, C'est impossible monsieur, c'est mon père, il faut attendre, trouvez une solution, s'il vous plaît.

On ne peut rien faire de plus, murmure l'interne.

Martin est derrière lui. Je le regarde. Je dis à Martin, On doit se battre encore, je dois le connaître, il faut qu'il me raconte, il faut que je lui raconte tout. Martin me rassure sans m'écouter. Personne ne m'entend alors que je détiens la vérité. Je vis parmi des fous réalistes. Je retourne près de mon père. Martin se rapproche aussi. Peut-être qu'il avait attendu ça. Un râle envahit la pièce, tous les coins jusqu'à ma mère, l'interne fait son travail, ferme l'oxygène, pose ses doigts sur les yeux pour qu'ils restent fermés.

On attend dans une salle que le corps se vide, qu'il soit présentable et nettoyé. Une heure plus tard, je dépose un baiser sur son front métallique. C'est autre chose, déjà. Dehors, André raccompagne les gens. Avant de partir, il m'embrasse longtemps. On se dirige vers un bar avec Hortense et Martin. Nous fumons sans rien dire, le corps et les nerfs totalement épuisés.

Au bout du comptoir, un type ivre hurle que ce bistrot n'est ni charitable ni chrétien et que c'est pareil partout. Assez vite, un videur décide de le mettre dehors. Je regarde l'ivrogne frapper le toit des voitures. Le patron appelle la police et signale un acte de vandalisme dans la rue. On dirait plutôt un geste d'impuissance.

28

Je ne pleure pas depuis quatre jours. Je tiens le coup parce que je m'occupe de mon frère et s'occuper d'un frère est très utile. On a l'impression d'être vivant et de servir à quelque chose. C'est important, d'avoir l'impression. Notre voiture est la première à se garer à côté de l'église. Je marche vite derrière Martin, une chaîne stéréo entre les bras. Je sens son eau de toilette. J'aime ce qu'il porte dans les moments délicats. Je le suis jusqu'à l'église dans un froid d'horreur. On salue le curé. Il porte une laine polaire. Même les curés peuvent choper des angines.

L'homme qui croit en Dieu nous laisse installer la chaîne Sony. Je me débrouille seul. Martin reste immobile au milieu de l'église. Je fais les branchements, me chamaille avec les fils, cherche les prises, je suis pour les activités techniques, je ne demande même que ça. Martin souhaite l'*Ave Maria* pour l'entrée du cercueil. Il veut qu'on passe le disque pour voir ce que ça donne avant l'arrivée des autres. Je place le CD et règle le volume sur 24. Martin veut plus fort. J'obéis. Il me demanderait de déplacer l'église de quelques kilomètres que j'essayerais quand même. J'appuie sur Lecture. L'*Ave Maria* envahit l'édifice. Je regarde mon frère, tout petit dans cette église, on dirait un enfant qui se cramponne à l'acoustique pour se donner une contenance, qui répète comme pour s'en convaincre :

« C'est bien comme ça, le son est bien comme ça. »

Les voitures arrivent, les portières claquent, les gens sont en noir, ils marmonnent des salutations et ne savent pas trop comment s'embrasser. On se tasse devant l'église. On attend la Renault Espace des pompes funèbres. Hortense ne quitte pas Martin des yeux. Quatre hommes en costume soulèvent le cercueil. Ils le portent jusqu'à l'autel. Ils ne rigolent pas. Ils font admirablement leur métier. Nous les suivons. Des bougies entourent le corps de mon père. À la fin, je m'avance vers le micro pour lire un texte, Martin me l'a demandé. La feuille tremble entre mes doigts, je me dévore l'intérieur des joues. Je pense à mon père. Les gens attendent. J'imagine Martin, j'imagine son visage pour tenir encore un peu. J'attaque la première phrase. Une phrase pas difficile pourtant.

29

Paris, une dernière fois. Le pas du travailleur dès le matin. Un pas rapide et pas compliqué. Je n'ai pas pris le métro. À pied jusque chez Mathilde, un pèlerinage d'amour, un acte douloureux pour être pardonné. Je passe par la boulangerie, j'en sors avec un sac de croissants, livide, dégoûté pour un siècle par l'odeur du pain. Dans la rue, une personne croisée est une personne à qui je demande intérieurement si son père est mort.

J'attends les yeux fixés sur son immeuble. Mathilde ouvre la fenêtre. Elle s'étire. Je m'apprête à lever mon sac de croissants en signe de réconciliation. Mais le sourire de Mathilde ne m'est pas adressé. C'est un sourire qui ne me concerne plus. La silhouette d'un type glisse de la cuisine au salon. Peut-être qu'il lui prépare un jus d'orange. Le jus d'orange du matin. Je dépose les croissants au pied de l'immeuble. Je rêve qu'on m'interdise à nouveau quelque chose. En repartant, je salue chaque mètre de ce quartier, de ces rues si vastes il y a quelques mois. Des rues aujourd'hui familières, réduites par le chagrin.

Le chagrin sert à réduire les rues.

Je note cette phrase, au fond d'un café. Je note cette phrase parce que je ne sais plus rien faire d'autre.

7735

Composition
CHESTEROC LTD

Achevé d'imprimer en Slovaquie
par NOVOPRINT
le 23 août 2015.

1er dépôt légal dans la collection : juillet 2005.
EAN 9782290116715
OTP L21EPLN001871N001

ÉDITIONS J'AI LU
87, quai Panhard-et-Levassor, 75013 Paris

Diffusion France et étranger : Flammarion